いちご牛乳純情奇譚

MIDORI SATOMURA
さとむら緑

CHOCOLAT BUNKO

JN267606

ILLUSTRATION テクノサマタ

CONTENTS

「アッキちゃーん、ごっ指名よぉーん！」

「！」

ここは東京、上野にある占いの館「カメリア」の控《ひか》え室。

十畳ほどのスペースにはロッカーと畳敷きの小上《こあ》がりがあり、着替えや、おやつ休憩《きゅうけい》の部屋としても使われている。入居しているビルの名前も同じく「カメリアビル」で、持ち主である夏目《なつめ》響《ひびき》が占いの館のオーナーも兼ねていた。館は一階にあり、客が来ればコンビニと同じようにチャイムが鳴って報《しら》せてくれるから、雇われた占い師たちはずっとブースに座って待っている必要はない。

午後から出勤し、好物のいちご牛乳を飲もうとしていたアキは急に大きな声で呼ばれてびくりと肩を揺らし、それを零《こぼ》してしまった。

ぼたぼた、とピンク色の液体が畳の上へ落ちる。

「あわわ……」

「なにしてるの、あー、服にもついた？」

「う、うん、でも……どうしよ？　これ」

混乱するアキとは対照的に、背後で化粧を直していた響が「はいはい、ティッシュ」と、ボックスを差し出してくれた。

「ありがとう、響さん……あの、畳、べたべたしたらごめんね」

「気にしなくていいわ。ちょっと幸子《さちこ》！　あんた、声がでかいのよ。アキちゃんびっくりしちゃったじゃないの」

「あらぁ。ごめんなさぁい、あたしったらさぁ、肺活量が人の倍くらいあるのよねぇ」

とドアの前で猫撫で声を出し、１９０センチ近い長身をくねらせているのは幸子。

アキや響と同じく占い師で、「幸子・フォックストロット」を名乗っている。話し方や所《しょ》作《さ》、着ているものは女性のそれだが、本当の性別は男だ。コスメマニアでもあり、いつもメイクが濃ゆい。今日のテーマは人魚姫だそうで、アイシャドーは真っ青なラメ、ばさばさと音を立てそうなつけまつげには真珠《しんじゅ》を模《も》したビーズまであしらわれていた。

「……じゃなくて、アキちゃん、ご指名よぉ。いつものホラ、あのＯＬさん、お仕事帰りによく寄ってく子。マリちゃんだっけ？　もう座ってるから、早く着替えたら？」

「はっ、そ、そうだ！　着替えないと」

手のひらはまだ少しべたついていたが、アキは急いでロッカーへ駆け寄り、引っ張りだした金髪ボブのかつらを被る。ジーンズの上から黒のロングワンピースとマントを身につけて襟元でリボンを結び、壁の姿見に向き直った。

金髪の女吸血鬼、というのがアキの、占い師としての設定である。だからこうして、女装をする。だが姿見に映っているのは、目ばかりきょとんと大きな顔に、身体《からだ》はがりがりの痩《や》せっぽちだ。

「……うーん……」

やっぱりちょっと、なんていうか、貧相《ひんそう》かな？　俺。

一緒に映り込んでいるのが大柄で恰幅《かっぷく》のよい幸子（詰め物込み）と、スレンダーな美人の響だからか、自分の貧相さが際立つようで、アキは少し口をとがらせた。

「ほらアキちゃん……じゃなくてメアリー先生、グラス。もう零しちゃだめよ」

響から渡された黒いワイングラスは演出用の小道具だが、すぐに倒したり落としたりしてしまう注意力散漫のアキ専用で、プラスチック製だ。中身はもちろん真っピンクのいちご牛乳である。

「よし。行ってきます！」

控え室を出て自分に割り当てられたブースへ向かう。

ブラッディ・メアリー・アキ先生の動脈占い、と書かれたプレートが机の上にあり、その反対側に置かれたパイプ椅子には、常連の麻里《まり》が座っていた。会社帰りらしい彼女は小さなカバンを膝の上に抱《かか》え、猫背気味で「メアリー先生」と笑った。

「麻里さん！　こんにちは」

「久しぶり！　先生、元気だった？　あたしは最近ねえ、別に悪くはないんだけど、なんか調子が出なくって」

　アキが席につくやいなやマイペースに話し始めた麻里は、そこでいったん話を区切り、はあ、と浮かない顔でため息をついた。

「もしかして、具合が悪いの？　疲れてるとか……？」

　それなら占いなどせずに早く帰って休んだ方がいいのでは、と思わず心配したが、彼女はひらひらと手を振って「大丈夫、大丈夫。そういうんじゃないのよ」と言う。

「実はこないだの合コン以来ちょくちょく会って遊んでる人と、どうかなーって感じで、ちょっと悩んでてね。なんか、ダルいときがあって……いい人なんだけど」

「そうなんだ。えっと、ダルいっていうのは」

「んー、趣味っていうか、価値観？　そこそこいいおうちの人らしくて、コンビニのお弁当とか、安いお菓子とかもあんまり食べたことないみたいで、たまに話が合わないとか。相性あんまりよくないのかなって。いい人なんだけど」

「ふうん？　……あの、じゃあ、俺、じゃなくてわたし、ちょっと見てみる……わね？」

「お願いしまーす」

　麻里が机の上に腕を出す。袖から覗《のぞ》く白い手首に、血管が浮かんでいるのが見えた。アキはそっ、とそこへ指を当てる。

とくん、とくんと脈打つ血の温度。じわりと温かいそれに混じって、指先から麻里の感情のかけらが断片的に伝わってくる。

自分や相手の体調によってバラつきはあるものの、相手の寝不足、空腹、強いストレスがあるとき、嬉しいことがあったときなど、アキには皮膚《ひふ》の上から触れただけで、そうしたものを察する能力があった。

——これって普通？

——言わない方がいい？　嫌われちゃうかも。

——でも、嘘つくの、よくないよね……。

麻里の血からは、彼女の漠然とした不安や、言いたいこと、やりたいことを抑えている、という気持ちが伝わってきた。しばらくそれを読み取ることに集中していたアキは、やがて彼女の手首を放し、目を開ける。

「……今日の麻里さんの血はね……なんだろう、迷ってるのかな？　嘘つきたくない、みたいなの、感じた。あと言いたいこと、我慢してるのかな」

「言いたいこと……？　あ、あー、そっか、わたし……うん」

思い当たる節があったようで、薄いピンク色の乗った唇の端《はし》が、きゅっと下がる。

「それって多分、彼に対して、かな。なんていうか、育ちの違いっていうか、そういうのを悟られるのが不安で、なるべく彼に話を合わせたり、自分のことは話さないようにしたりしてる……かも」

「不安かあ。自分のこと話したら、相手はどう思うかなあ、みたいなこと？」

「そう！　そういうの判《わか》る？　メアリー先生」

「うん。……変に思われちゃったらどうしようって不安になる気持ち、判るよ。変に思われるだけじゃなくて、嫌われちゃったら、やだな、とかも」

「あーん、そうなのよ！　わたし子供の頃、家にあんまりお金がなくて、他の子たちが普通に持ってるおもちゃとか洋服とか、買って貰《もら》えなかったことがあってね。しかも、それをからかわれたりしたから……裕福な人に、妙な引け目があるっていうか」

　アキの言葉に反応した彼女は、そのあと一方的に不安に思っていることを打ち明け、アキはひたすらうんうんなるほど、と聞き役に徹した。

「……はー……。ありがとう。なんか先生に色々話したら、スッキリしたわ。嫌われたりしないかな、とか考えながら振る舞うの、ちょっとやめてみる。次に彼と会ったら、普段のっていうか、素っていうか、本当の自分を出してみるね」

「うんうん！　それがいいと思うよ。麻里さんが好きになった人なら、きっと判ってくれると思う。スッキリできてよかった。頑張ってね」

　明るい顔になった麻里は相談料の会計を済ませ、立ち上がった。

「あ、そうだ。もうひとつ訊《き》いてもいい？」

「なに？」

「先生って、女装が趣味なの？　それとも身体は男性だけど精神的には女性の人なの？　いつもここでは女の子の格好で、喋り方も女っぽくしてるけど、ときどき俺って言いかけてるでしょ、だから、本当のところはどっちなのかなって思ってたの」

「えっ！　あ、えっと……あ、俺、その、女装は別に、趣味じゃなくて、女の子になりたいわけでも、なくて……その、占い師としての、雰囲気作り？　っていうか、ここの先輩にアドバイスされてね？」

たしかに一人称は女装に合わせて「わたし」にしなさいと幸子に言われているが、すぐに間違って「俺」と言ってしまうため、ちぐはぐな印象だったに違いない。しかし麻里とはもう、それなりのつき合いだ。まさかいまそこを突っ込まれるとは思わず、しどろもどろで説明をするアキに、彼女は「ああ」と返した。

「なるほど、つまり、ビジネス女装ね」

「え？　ビジ……？　あ、う、うん？」

その言葉は初めて聞いたが、なんとなく間違ってはいないような気がした。こくこくと頷くと、彼女は納得してくれた様子で「じゃあ先生、また！」とブースを出ていった。

ホッと胸を撫で下ろしたアキは、グラスを持って控え室へと戻る。ドアを開けてくれた響は、幸子と二人でせんべいを摘《つま》んでいた。

「アキちゃんお帰りぃ。食べるぅ？」

「ううん、いらない。ねえ、やっぱり女装、バレてるよ」

小上がりに腰を下ろし、幸子に訴える。

「似合ってるから絶対に大丈夫、って幸子さん言ってたのに」

「えっ、バレてないと思ってたのぉ？　バカねぇ」

「えっ！」

「そんなのぉ、お客さんはみんなとっくに気づいてるわよぉ、趣味の女装だって」

「しゅ、しゅ、趣味じゃないよ!?　ミステリアスな雰囲気になるから、こっちの方が絶対いいわよって、さ、幸子さんが」

「占い師は女かオカマの方が話しやすいのよぉ。吸血鬼の、しかも男なんてスカウトしてどうすんのって思ってたけど、女装を勧めたあたしが正しかったわ。アキちゃん華奢《きゃしゃ》だから似合ってるしさ。カメリア最年長組とは思えない可憐《かれん》さよねぇ」

そう、アキは実は、吸血鬼だ。

元は人間だったのだが、田舎《いなか》から奉公《ほうこう》に出された百五十年ほど前、海の向こうからやってきた吸血鬼に襲われて血を吸われ、次に目が覚めたときには、自分も吸血鬼になってしまっていた。

とはいえ、人間を襲ったことはない。

怖くて試してみる気にもなれなかったし、一度、隠れ住んでいた山の中でどうしても腹が空《す》いて我慢できず、通りすがりのたぬきに飛びかかって噛みついてみたことがあったが、とても悲しい結果に終わった。

そのときにもう二度と、誰も襲わないと決意したのだ。

血を吸わないせいで常に栄養失調、お腹が空いてふらふらの状態だが、慣れればまあ、やり過ごせないことはない。

それに血より、いちご牛乳の方がずっと美味《おい》しい。甘くて、いい香りがして、それにとても可愛《かわい》いピンク色だ。夕焼けに浮かぶ雲の色、風にそよぐ花の色。様々なメーカーを試したが、特にサンワ乳業のものが、色も味も、アキの一番のお気に入りだった。

「だ、騙《だま》された……」

「なに言ってるのぉアキちゃん、甘いわね！　ここは妖怪とモンスターがひしめく魑魅魍魎《ちみもう》《りょう》の占い館よ！　騙し騙されは基本中の基本！　弱肉強食！　酒池肉林《しゅちにくりん》！」

「そ、そうだった？　えっ？　そうだったの？」

混乱するアキを「大丈夫、落ち着いて、ここはただの占いの館よ」と響が宥《なだ》める。

「あんたは単に女装仲間が欲しかっただけでしょ、幸子。アキちゃんはね、占いの能力云々《うんぬん》より、ちゃんと人の話を聞ける優しい子だと思ったからスカウトしたの。わたしの目はいつだって正しいのよ」

ふふ、とミステリアスな目を細めて笑う響はメデューサの末裔《まつえい》で、占い師としては「クラウディア響」と名乗っている。相談者を金縛りにかけ、そのあいだに心を読んで占うのだが、アドバイスが的確なため、男女問わず人気があった。半年ほど前、アキが上野公園近くをうろうろとしていたとき、「あら、あんた人間じゃないわね。よかったらうちで占い師やらない？」と拾ってくれたのも彼女だ。

ちなみに幸子の本名は稲荷十三郎《いなりじゅうざぶろう》、アキよりも遥かに歳を経《へ》た妖狐《ようこ》で霊感が強く、女装癖や特徴のある口調とは裏腹にこの館では唯一、タロットという正統派な手法を操る。もう一人、今日は休みだが「ナンシー南」という占い師が所属しており、本名は古南《こみなみ》としえで、彼女は妖怪ぬりかべの生き残りである。彼女らとは違い、すでに人間との混血となっている響や、はたまたアキのような外来種のモンスターに襲われて人外となってしまったものも、現代では人間社会に交じり、それぞれに生業《なりわい》を得て暮らしていた。

「アキちゃんはそのままで十分《じゅうぶん》。女装も定着しちゃったし、どうしてもイヤじゃないなら続けてもいいんじゃない？」

「そ、そうだよね。俺、騙し騙されなんて難しそうなこと、できないし……でも、ここに来れて、よかったよ、響さん。スカウトしてくれて本当にありがとう」

「お礼なんていいのよ。わたしたちみんな、人間社会で一生懸命《いっしょうけんめい》生き延びてる仲間同士なんだから。お互い助け合っていかないとね」

下げた頭をぽんぽんと優しく撫でられて、アキはえへへと笑った。

人間との結婚歴もあり、とりわけ人間社会へ顔のきく響の手引きで、アキは現在、上野から一駅離れた住吉町《すみよしちょう》というところにアパートを借りている。

四畳半の部屋はエアコンなし、風呂もトイレも共同だが、吸血鬼であるという正体をひた隠しながら各地を転々と暮らしてきたアキにとって、仲間ができ、仕事や住居まであるいまの状況はまさに天国だ。

「そういえばさぁ、二丁目のスイミングスクールにカッパいるじゃない？」

「えー？　ああ、水科《みずしな》さんね」

「あたし前から気になってたんだけどぉ、あれってなんなの？　あのあれ、尻子玉《しりこだま》ってやつ。響は知ってる？」

「尻子玉！」

思わず反応してしまったアキに、幸子はさっと顔を向けた。

「ね!?　アキちゃんも気になるわよねぇ」

マスカラとアイシャドーばっちりの目で見つめられ、うんうん、と頷く。

カッパと言えば尻子玉。子供の頃に怪談を聞いたこともある。暗くなってから川へ近づくとカッパに相撲《すもう》を挑まれて、負ければ尻子玉を抜かれてしまうというあれだ。漠然とした恐怖心とは別に、尻子玉とはいったいなんなのかという好奇心も、たしかにあった。

「で、南にも話してみたのね。そしたらすんごい怖い顔で、やめた方がいいって！　妖怪の中でもタブーみたいなのよぉ。あたしそれ聞いて、さらに気になっちゃって！　だってなにがタブーなのよって感じじゃない？　尻の中になにがあんの？」

「えええ……なんだろ、なんだろね？」

　そう言われると、ますます気になる。だが、響は本当に興味がないようだ。

「他人のタブーなんて、嗅ぎ回らない方がいいわよ。あんたたちも人外の端くれなら、訊かれたくないことのひとつやふたつあるでしょ？」

「そうだけどさぁ」

　釘を刺され、幸子は口を尖らせたが、誰も真相を知らない以上この話にこれ以上膨《ふく》らみようがない。絶対いつか突き止めてやるんだからと息巻く彼女は、「あっ、そうだ」とまた別の話題を引っ張り出してきた。

「これ言っとかないとって思ってたの、忘れてたわぁ。あのね、最近またこの辺り、薬売りがうろついてるみたい」

「薬売り？　それ本当？」

　今度は響も真剣な顔つきになり、幸子を見る。

　アキもどきりとして、ぎゅっといちご牛乳入りのグラスを握った。

　薬売り。それは古来からこの国に住む妖怪たちだけでなく、アキにとっても、天敵と同等の存在である。大きな籠《かご》を背負い、狐面《きつねめん》で顔を隠した彼らは、言わばハンターだ。同じ名前を持ち、日本各地を訪ね歩く薬の販売員とは違い、人間からの依頼に応じて妖怪退治をするのが主な仕事だ。

退治した妖怪の身体——臓物や髪、爪、鱗《うろこ》などは特殊な製法で長寿延命の薬に仕立てられ、ひとたび闇の市場に出回れば、信じられないほどの高値がつくと言われている。そのため人間社会にまぎれて暮らすアキたちは、彼らに「狩られる」側として怯《おび》え、警戒するのが常だった。

「こ、この近所に?」

「そうなのよぉ。狐の面をつけた男が上野公園の中通りを歩いてた、って目撃情報があるの。油やで聞いた噂だから、信ぴょう性高いと思う」

油や、とは彼女らが情報交換の場として使っている居酒屋で、妖怪ろくろ首の末裔がママを務めている。酒の飲めないアキは行ったことがないが、幸子や響たちはいわゆる常連で、仕事のあとによく通っていた。

「薬売りに目をつけられるような無茶してる妖怪の話なんて、最近は聞いてないけどね」

退治してくれという依頼が出るくらいだから、彼らのターゲットにされるのは本来、人間に被害を及ぼす妖怪たちだ。しかし未知の存在に対しては当然、誤解もある。いまやすっかり人間社会に馴染《なじ》み、スイミングスクールの講師などを務めているカッパも、かつては子供を誘拐、溺死《できし》させると誤解されて、狩られたことがあるらしい。

「ま、あたしたちは大丈夫だと思うけどねぇ。人間に危害を加えたことなんてないし、見かけは妖怪だなんてバレようがないでしょ？」

「あんたの見かけはどうかしらね？」

「うるさいわねっ！」

控えめに見ても女性的な容姿とは言えない——かもしれない幸子は歯をむき出して威嚇《いかく》したが、響はそれを意にも介さず、アキを見た。

「気をつけてね。アキちゃんの素性《すじょう》を知ってるのはこの館のメンバーだけだけど、わたしのバックグラウンドを知ってる一部の連中には、カメリアの新顔は吸血鬼だってこと、噂になってるみたいだから」

「あ……そ、そうか……」

「そうねぇ。噂だけ聞いてる人たちは、アキちゃんが人を襲ったことも襲うつもりもない、無害な吸血鬼だって知らないだろうしねぇ。うーん、なんか心配だわぁ。あたし、しばらく家まで送ってあげようかぁ？」

その申し出に、アキは慌てて首を振った。

幸子と自分の自宅は同じ地下鉄の沿線とはいえ反対方向だ。親切はありがたいが、そこまで迷惑をかけられない。

「大丈夫！　気をつけるよ。いざとなったら、俺、コウモリにもなれるし！」

シュッて飛んで逃げちゃえばきっと追いかけて来れないしとアキは主張したが、響と幸子は顔を見合わせ「シュッて？」「アキちゃんがそんなに素早い動きしたの見たことある？」「ないわ」「どんくさいもんねぇ」と少々、聞き捨てならない会話を交わした。

「そっ、そんなことないよ、俺だって、やるときはやるよ！」

「そう？　不審《ふしん》なやつを見たらすぐ電話するのよ」

「捕まったら最後だからね。変な人につけられてます、って交番に行ってもいいし。傍《はた》から見たら普段着のアキちゃんより、狐のお面つけて籠しょってる男の方が、どう考えても不審者なんだし」

「う、うん……」

捕まったら最後、交番、という単語に思わず少し不安になったが、さきほど「やるときはやる」と豪語してしまった手前、アキは「大丈夫、大丈夫」と顔を引き締めてみせる。攻撃の手段も防御の手段も持たないものの、この百何十年のあいだ、たった一人で生き延びてきたのだという自負もあった。

しばらくは薬売りのことやそれ以外の雑談で盛り上がり、アキはもう一人の客を見て退勤の時間となった。カメリアの閉館は八時だ。着替えと簡単な掃除を済ませて、ロッカーの扉を閉めた。

「じゃ俺、帰るね。お疲れさまでした。あ……響さん今日、屋上使わせてくれる？」

小上がりで帳簿をつけている響に声をかける。その隣では幸子が化粧を直していた。

「あ、コウモリの方で帰るの？　いいわよ、明日もよろしくね」

「アキちゃん、お疲れぇ。気をつけてねぇ」

いざというとき素早く変身して逃げるためにも、いわゆる慣らし運転をしておいた方がいいと思った。そこでアキはビルの屋上へ向かう。

「えいっ」

フェンスの前できゅっと目を閉じ、身体を縮めるイメージを浮かべると、ぽん！　と空気が爆《は》ぜるような感覚に包まれたあと、小さなコウモリの姿に変化する。

できたできた、と翼を広げ、パタパタと動かしてみた。

「キー！　キー！」

よしよし。人や物、なによりコウモリ同士でぶつからないための超音波も問題ない。

飛び立つため、素早くフェンスの上へよじ登ったアキは、きらきらとした上野の街の夜景の中へぴょん、と身を投げた。

丸い月がぽっかりと浮かんだ夜空、びゅうびゅうと風を切って飛んでいく。

上野から住吉町までは電車に乗ってしまえば三分で着くが、この姿だとどうしても十五分ほどかかる。

夕食時には少し遅いが、それでもまだ街のあちらこちらから、煮炊きの匂い、油の匂い、そして風呂場で使うのだろう、石鹸《せっけん》やシャンプーの甘い匂いが立ちのぼっていた。人々の、リアルな生活の匂いだ。

そうして滑空《かっくう》しながら眼下に広がる無数の家や商店の明かりを見下していると、いつもほんの少しだけ、切ない気分になった。

あんなにたくさんの明かりがぴかぴか光っているのに、あの中に、自分を知ってる人は誰もいない。

生まれた家も故郷も、もう存在しない。

あちこちさまよっていた数十年前、アキは拾い読みした新聞で、自分の生まれた村がダムの底に沈んでいることを知った。幼馴染《おさななじみ》たちとも兄弟とも奉公に出たきり会わずじまい、いまや、父や母の顔さえおぼろげだ。

だけど俺には、いまは仲間がいるし。仕事も、住む家だってあるもの。

これで寂しいなどと言えば、バチが当たってしまうだろう。大丈夫、明日はきっと楽しいことがある。明日がダメならそのまた明日。そうしてまた次の五十年、百年、百五十年もあっという間だ。基本脳天気《のうてんき》、忘れっぽい性格も手伝って、アキはわりと前向きに生きてきた。

しばらくパタパタと一生懸命に翼を動かして飛んでいたが、もうすぐアパートの屋根が見えてくる、というところで、すっかり疲れてしまった。だんだんと高度が保てなくなり、電線すれすれのところを危うくかわす。

体力がまた少し、落ちてきてしまっているようだった。いかに不老不死の吸血鬼といえど、いちご牛乳だけで過ごすのは無理があるということか。

「……キー……」

だ、ダメだ降りよう。このままじゃ、墜落しちゃうよ。

決意して、真っ暗な路地を目指し、下降する。しかし降りる前に、人間の姿に戻らなければならない。以前同じように途中で力尽きてコウモリの姿のまま落下したところ、野良猫たちに取り囲まれてえらい目に遭《あ》ったのだ。

着地する寸前でもう一度目を閉じ、大きくなるイメージをする。ぽん、とまた空気の爆ぜるような感覚があって、アキは人間になっていた。

ジーンズにパーカー、そしてスニーカー。

カメリアビルの屋上へ上ったときと同じ格好で、少々つんのめったものの、転ばずに済んでホッとする。けれどその直後、ちか、と目の端に光が差し込んだ。

「動くな!!」

「……ぎゃっ!?」

飛び上がって振り向くと、誰かがこちらへ向けて懐中電灯を構えている。

眩《まぶ》しい。逆光で顔は見えないが、やけに大柄なシルエットと声から、相手が男だということがかろうじて判った。

「あ……っ？　わ……？」

「おまえだな？　ここ半年ほど上野に潜伏《せんぷく》し、占いと称して人間から血を盗んでいるという吸血鬼は。ようやく証拠を掴んだぞ」

「ひ……っ、ち、ち、」

違います、誤解ですと言いたいのだが、全身が硬直しているせいか、声がきちんと出ない。すると、真っ直ぐにこちらを照らしていた光がぶれる。よくよく見れば男は大きな籠のようなものを背負って黒装束《しょうぞく》をまとい、顔には狐の面をつけていた。

「……っ！」

――く、薬売り。

懐中電灯を持つ手とは反対側に、握っているのは、あれはどう見ても銃《じゅう》だ。拳銃。アキは恐怖のあまり涙目になる。

「ちがっ、違いますーっ!!」

「嘘をついても無駄だ。たった今、コウモリから人間の姿へ変化したのをこの目で見た」

そうじゃなくて、そうじゃなくて、とでたらめに両手を動かす。吸血鬼だけど、人の血を盗んだり、ましてや吸ったりもしてません。

「こ……こ、こわいぃ……」

怯えきって弁解どころではなく、半泣きのアキとの距離を、薬売りはじり、と詰める。

「同情でも引くつもりか？　化け物、観念するがいい、わたしがおまえの呪われた生を終わらせてやる」

「あ、あ」

どうしよう、どうしよう、この人、本気だ。に、逃げないと。

ただ持っているだけだった拳銃の銃口がゆっくりと持ち上がり、アキの視線まっすぐのところで定まる。

「心配するな、苦しむことはない。額に一発。心臓は貴重だからな」

「……っ……っ!!」

う、撃《う》たれる！

ただでさえ低い体温がサーッと下がるのを感じた瞬間、アキの身体は無意識に動いていた。一歩引いた足、スニーカーの踵《かかと》がなにかにぶつかる。がしゃっ、という音に自分でもびくりとしつつ、それでも逃げなくては、という一心で足を動かした。

「ひっ、ひ、はわ、あわ」

ぶつかったのはどうやら置きっぱなしになっていた自転車だったようで、そのまま後ずさったアキは派手な音を立てて仰向けに倒れ込んだ。ビルとビルの狭間にさっきまで飛んでいた夜空が見え、思わず、ぎゅっと目を閉じる。

「…………っ」

俺、死ぬんだ。そう思った次の瞬間、「おい、やめろ！　なにやってんだ、警察呼ぶぞ！」という大きな声が響いて、アキを照らしていた光が揺らいだ。

「ち……っ、」

薬売りの舌打ちも聞こえた。声はなおも「おーい、誰か来てくれー」と応援を呼んでいる様子だ。

顔に狐の面、手には拳銃という格好では明らかに不利と判断したか、薬売りは光を消して身を翻《ひるがえ》した。仮面の下の正体は判らないが、信じられない素早さと逃げ足の速さで、あっという間に気配が消える。

しん、と一瞬静まり返った路地に、さっきの声が戻ってきて、「おいおまえ、大丈夫か？」と言った。

「……あ……」

た、助かったのだろうか。いまだぱくぱくと口を動かすだけのアキに、声の主はずかずかと近づいてきた。薬売りと同じくらい大きな身体つきの、男だ。Tシャツとジーンズの上に白衣を着て、大きな鞄《かばん》を持っている。

「大丈夫か？　生きてるよな？」

快活な声だ。質問に答えなくてはと思うものの、言葉が出てこない。腰が抜けてしまったようで、起き上がろうにも身体が動かなかった。

「ああ、動けないのか？　しょうがねえな、ほら」

「はわ……」

すい、と手を差し出されて、ぱちりと瞬《まばた》きをする。さっきまで動かし方も判らなかった腕をぎこちなく持ち上げると、男はさらに手を伸ばし、がしりとそれを掴んだ。ぐっと力がこもり、上へ引っ張りあげられる。

「！」

「軽っ！　冷たっ！　おまえなあ、こんな時間に……あ、子供じゃねえな。なんだよ、勘違いしちまった」

「あ……あ……」

す、すごく、か、カッコいい人だ。

立ち上がらせて貰い、薄暗がりの中で対面した男は、はっきりとした男らしい顔立ちをしていた。しかも、小柄なアキが見上げるほどの長身。ジーンズの足元は裸足《はだし》にサンダル履きで、どうやら近所に住む人間のようだ。

「悪い、さっき咄嗟《とっさ》にああ言ったけど、俺いま携帯持ってなくてさ、まだ通報してねえんだよ。おまえ、携帯は？」

「…………っ」

思わずぶるぶると首を横に振る。

「け、け、警察は、ちょっと……こま……その、よ、呼ばなくても、大丈夫、なので」

「……なんだ、わけありか？」

くっきりとした眉をひそめられ、今度は必死で、こくこくと頷いた。

「まあ、ここで深くは訊かないけどよ」

その言葉にホッとする。すると急に、身体が重く感じた。疲れだろうか。

ありがとう、ありがとうございます、早く言わなくては、とお礼の言葉が頭の中でぐるぐると回っているのに、舌が動かない。そんな様子を見ていた相手は、片方の眉を上げ、こちらを覗き込むように首を傾げた。

「ん？　どこか痛むのか」

質問に首を振って姿勢を正そうとした途端、足首に激痛が走った。

「ひっ、い、いた――――っ！」

思わず叫んでしゃがみ込む。どうやら転倒した際、ひねってしまったようだ。一度自覚した痛みは、熱を持ったようにじくじくと広がり出す。

「どうした、ああ、足ひねったな？　見せてみろ。……あー、血も出てるか……」

「血!?」

「まあ、けど、傷はそう深くなさそうだ」

同じくしゃがみ、足首を確認した男は顔を上げ、真顔で「よし、おぶされ」と言った。

「えっ、え!?」

「それじゃ、ろくに歩けないだろ。とりあえず応急処置してやるから、おぶされ」

「はっ、はい、あっ、で、でも」

「いいから」

ほら、と背中を向けられ、おそるおそる両肩へ手をかける。

「よっこらしょ。うわ、やっぱ軽いな」

誰かにおぶわれたのなんて、物心《ものごころ》ついてからは初めてのことだ。普段とは違う視界に、アキは目を見張った。

「ちゃんと掴まってろよ?」

男の背中は広く、妙に安心する温かさで、なんだかどぎまぎしてしまう。見ず知らずの相手に親切にされるのだって、少なくともここ数十年は記憶にない。いいのだろうか、こんな風にして貰って。

「あ、あの」

しがみつくアキを片手で支え、もう片方の手に鞄を提げて、すたすたと歩き始めた男に声をかけると「うん?」と答えがあった。

「た、助けてくれて、ありがとう……ございます。俺その、た、田中《たなか》、田中明《あきら》って、いいます」

「おー、明か。俺は温海《あつみ》、温海伊勢彦《いせひこ》」

あつみ。その名前をなんとなく聞いたことがあるような気がして首を傾げたアキに伊勢彦は続けて、「三丁目で、あつみ小児科医院って医者やってる」と言う。

「あ、あー！　あ、あつみ、小児科……医院さんだ！」

「おい、急にでかい声出すな。うちを知ってんのか？」

驚きのあまり、アキは思わず伊勢彦にしがみつく腕に力をこめた。

「し、知って……ます、だって俺、あのね、えっと、いま住吉町アパートに、住んでて」

響の伝手《つて》で入居したアパートは土地も建物も、小児科医院を経営する温海家の代々の持ち物だと最初に聞いていた。もちろん管理は不動産業者に委託《いたく》されており、響の知り合いはそちらの筋だ。

同じ町内、歩いてすぐのところにある小児科の前は、アキも何度も通ったことがあった。

「住吉町アパート!?　なんだおまえ、うちの店子《たなこ》だったのか」

「たなこ……？　ううん違うよ、俺、田中……」

「うん？　ああ、いやそうじゃなくて、店子ってのはあれだ。部屋とかの借り手のことな。うちのアパートに入ってんだろ」

「あっ、そ、そうか。ごめんなさい。俺その、言葉を、あんまり知らなくて……あの、いつもお世話に、なって、えっと、なって……おります」

「ああ」

まあ別に俺は単に親の持ちもん相続しただけで、世話もなにもしてないけどなと言う伊勢彦の歩くスピードは速い。アキとは、歩幅がかなり違うようだ。あっという間に三丁目、小児科医院の前に辿りついた。

「ここに座って、ちょっと待ってろよ」

診察室で降ろされ、慌てて靴《くつ》を脱いだ。鞄を置き、スリッパをとってきてくれた伊勢彦に礼を言うと、彼はアキの足元へ屈《かが》み、怪我《けが》の具合を確かめ始めた。

「うん。深くはないけど、傷はとりあえず消毒して……捻挫《ねんざ》の方も、内出血はないな。痛みが引くのに一日か二日ってとこか。大げさだけど、松葉杖《まつばづえ》一本貸してやるから、ちゃんと片足休ませてやれよ」

「松葉杖……」

そんなもの、使ったこともない。体力が落ちているので少し時間はかかるかもしれないが、これでもアキはモンスターだから、人間よりは回復が早い自信がある。

「さて、ちょっと染みるけど、我慢な」

「え、え？」

たったそれだけの前置きで、まだ血の滲《にじ》む傷口に消毒液をかけられて、アキはぴぎゃー、と情けない悲鳴を上げた。

「いいい、痛い、痛いい」

「我慢しろ！　男だろ！」

「ひいいいい」

怒声《どせい》と阿鼻《あび》叫喚《きょうかん》の地獄絵図に変わった診察室だったが、消毒が終わり、清潔なガーゼとテープで傷口が保護されると、騒いでいたアキは椅子の上でぐったりとする。ひどい目にあった。

さすがに大泣きはしなかったものの、涙はちょっぴり滲んでしまっている。そんな様子を見て、伊勢彦は呆《あき》れたように「で？」と言った。

「おまえいったい、いくつだ？」

「えっ、あっ、あの、は、二十歳《はたち》……かな……」

答えると、彼はぎょっとしたように目を見開く。

「二十歳!?　いや、嘘だろ」

もちろん、嘘だった。正確には覚えていないものの、すでにアキは百五十年以上生きている。襲われて吸血鬼になったときもまだ十代だったはずだが、未成年はなにかと面倒なため、訊かれたときには二十歳と答えることにしているのだ。

「う、嘘じゃないよ。本当だよ？」

「へえ……なんかすげえ小柄に見えたから、最初は子供かと思ったぞ。血色も悪いし……

ちゃんと食ってんのか？」

「ちゃんと、って……？」

「三食、ちゃんと食ってんのかってこと」

「あ、あ、さ……三食……は、ちょっと、あれだけど、ええと、栄養は、とってはいるよ。いちご牛乳、飲んでる。いちご牛乳って美味しいよね、好きなんだ、俺」

言いながら、アキは少し笑顔になる。好物の味を思い出したからだ。そもそも人間の食べものはあまり味がせず砂を噛んでいるようで、美味しいと思えない。いちご牛乳は唯一の例外であり、毎日、そればかりを飲んでいた。

だが伊勢彦は、難しい表情でがしがしと頭をかく。

「いちご牛乳？　おまえなあ、うーん……よしちょっと来い。あ、そっちの足つくなよ」

「え、あ、うん、じゃなくて、はい」

半ば抱えられるようにして移動したパーテーションの向こう側で、アキは見たこともない装置の上に立たされたり座らされたり、前屈させられたりした。果ては謎の小部屋に追い込まれ、仰々《ぎょうぎょう》しい機械の前で気をつけの姿勢を取らされて、「動くな」と言われる。

「な、なに……？　あの、これなに？　なんで動いたらだめなの？」

狭い上に、この場でなにが行われるのかさっぱり判らず、不安だ。伊勢彦は無言で出ていってしまい、外でなにか操作している。すると、ウィーン、と目の前の機械から不穏《ふおん》な音がした。すわ殺人光線でも照射されるのでは、という想像が脳裏《のうり》をよぎったのは、カメリアの小上がりで観たことのあるロボットアニメのせいだろう。

「こ、怖い！　ねえ！　なにこれ！　どうなるの、俺!?」

「うるせえな。動くなって」

ちゃんと写らないだろ、と小窓の向こうから文句を言う伊勢彦にぶるぶると震えながら、出して下さいと懇願《こんがん》したところ、アキはようやくその部屋から解放された。

「う、うっ、うう……」

「なんなんだよ。レントゲンくらい撮ったことないのかよ。あー、やっぱダメだ、ちょこまか動くから、まともに写ってねえ。まあいいか……」

それにしてもやっぱ二十歳の男にしちゃ痩せすぎだよなあ、という独《ひと》りごとに首を傾げていると、彼は「よし」とようやく満足してくれたらしい。

「おまえ、明日も寄れるか？」

「あ……あ、明日？」

「いつでもいいぞ。学校とか、仕事があるなら、夕方でも」

「う、うん、えっと、曇ってたら……」

「は？」

「あのね、あんまりいいお天気じゃなくて、曇ってたり、雨だったりしたら、昼間に来れる……来れる、ます」

ついいつもの調子で喋ってしまい、慌てて直したせいで妙な言葉を使うアキに、伊勢彦は苦笑《くしょう》した。

「ああ、敬語いいよ。俺も柄じゃねえし」

「ほ、ほんと？　ありがとう」

実は敬語はあまり得意ではなかったので、安心した。

「天気に左右される仕事でもしてるのか？　いや、まあいいや。たしか天気予報じゃ、明日は曇りときどき雨だ」

なんせ関東は梅雨入《つゆい》りしたばっかだからな、と言う伊勢彦は、今度はアキを診察台に寝かせ、どこかへ歩いていったかと思うと、無骨《ぶこつ》なフロアライトのような器具をガラガラと引いて戻ってきた。

「…………？」

それはいったいなんですか、また怖いことになりますか、という怯えた気持ちが顔に出ていたようで、彼はそれがおかしかったのか、ついに「ははっ」と笑う。

「心配するな、患部《かんぶ》をちょっと温めるだけだ。楽になるぞ」

整骨院やってる知り合いからお払い箱寸前のやつ、安く譲って貰ったんだと言いながらライトのスイッチを入れ、赤くなった部分をアキの足首に近づける。

「電気治療器ってやつ。痛くないから、じっとしてろ」

いくらか優しい声に頷くと、じわりとした温かさに包まれた。しばらくそうして安静にしているうち、患部の痛みが少しずつ引いていき、アキは思わず小さくため息を吐いた。

「楽になってきたか？」

「うん……」

しばらくしてふたたび近づいてきた伊勢彦は丸椅子に座り、アキの足首に触れる。

「内出血してる場合は冷やす。そうじゃない場合に温めるのが基本なんだ。ちゃんと処置しておくと、治るスピードが全然違う」

「……そうなんだ……」

「それにしてもおまえ、襲われる心当たりとか、あんの？　あの男、何者？」

「う、うーん……えっと……」

心当たりはある、と言えばあるというか、響たちが話していたように、薬売りに目をつけられたのだろうと判ってはいた。そのことを説明するには、自分の正体を明かす必要がある。しかし、それはできない。命の恩人に嘘ばかりつくのも気が引けるが、そもそも突然、自分は吸血鬼だと打ち明けても、信じては貰えないだろう。

眉を寄せ、悩んでいるアキの顔をじっと見ていた伊勢彦はぽん、と軽く膝を叩き、諦めたように「まあ、いいや」と言った。

「い、いいの」

「ああ。わけありだって言うの、無理に聞いてもな」

その言葉に、沈黙して悩んだのは「心当たりがある」と答えたようなものだ、といまさら気づいた。伊勢彦は、いまは本当に追及するつもりがないらしく、話を切り上げ、アキの足首にテーピングをし始めた。

「これな、なるべく濡らさないようにしろよ。明日、また取り替えてやる」

「あ、あのね、俺……あの、実はさっき、言いそびれたんだけど、お金、あんまり持ってなくてね、その、明日、来ても……」

「あ？　ああ、気にすんな、判ってるさ。うちの激安ボロアパートに入居するくらいの懐《ふところ》具合だろ？　俺だってこんな応急処置とたかだか身体検査くらいで、金なんて取るつもりはなからねえよ」

そうだったのか、よかった、とアキはホッとした。人間は病気や怪我をしたとき、病院で健康保険証というものを使うらしいと響に聞いてはいたが、当然のことながら、持っていないのだ。不便だが、仕方がない。

「あ、ありがとう……あ、温海、先生」

「先生はやめろ、伊勢彦でいい」

そうか、でも呼び捨てはなあ、とアキは少し悩んで、「……伊勢くん」と言った。

「うん。おまえは？　明か？」

「み、みんなは、アキっていうよ」

「アキか。じゃ、アキだな」

「……うん」

ぶっきらぼうな声の中に親密さが混じり、呼ばれたアキは少し、うっとりする。

横目で盗み見たその顔の造作《ぞうさく》ははっきりとして、だが濃すぎない眉に引き締まった頬のライン、あまり手を入れていないのか額へ無造作《むぞうさ》にかかる前髪も、まるでテレビに出てくる俳優のように男らしく独特の雰囲気が感じられた。そしてなにより、背中と肩幅が広い。腕も長く、手のひらはアキの頭を掴んでしまえそうに大きかった。

あの手、温かかったなあ、と脈絡もなく思う。

俺、吸血鬼になってから、人間にこんなにやさしくして貰ったの、初めてだ。

大昔、十数年が経過してもまったく容姿の変わらないのを怪しまれ、化け物と疑われて住処《すみか》を失ったことがある。以来、極力《きょくりょく》人間とは親しく関わらないように気をつけて、ひっそりと生きてきた。いらぬ疑いを招いて迫害されるより、その方がずっと平和だからだ。

だけど、と思った。だけど、伊勢くんが優しくしてくれて、すごく嬉しい。

へへ、嬉しいな。

「なにニヤニヤしてんだ？」

「あ……っ？」

顔に出ていたらしく、怪訝《けげん》な表情で見られてしまった。恥ずかしいが、悪い気はしない。

「えへへ」

ふにゃふにゃと笑っているアキをそのままじっと見つめていた伊勢彦はふいに、「おまえ……」と言った。

「八重歯《やえば》があるな」

ああ牙のことか、とアキは口を開け、唇を引っ張ってみせる。

「これのこと？」

たぬき以来、一度も獲物《えもの》に齧《かじ》りついたことのない牙はなんだか不格好な発達を遂《と》げてしまい、左は普通の人間とさほど変わらない大きさだが、それに比べて右は少し大きく、笑うと唇からはみ出してしまうのだった。

「いや、別にそこまでして見せなくてもいい。……なんか、妙に無防備だな、おまえ」

眉をひそめて言われ、ぱたんと口を閉じる。機嫌を損ねてしまっただろうかとその表情を窺っていると、彼は苦笑して「別に怒ってねえよ」と言った。

「さては、なんでも顔に出るタイプだろ」

「え……そ、そうかな」

「怒って欲しいのか？」

「ち、違う違う」

からかうような口調と目つきに慌てて首を振ったが、少しどきりとした。なんとなく、本当になんとなくだけれど、彼の、やけに耳に心地《ここち》良く響く低い声で「無防備だな」と言われたとき、もっとそういうことを言われたいような気がしたのだ。自分でも意味がよく判らない。なんだろう、これは。

「ところで明日、何時頃に来れそうなんだ？」

アキの疑問をよそに、伊勢彦はあっさりと話題を変えた。

「あ……何時くらいが、いいかな？」

「そうだな……」

正午から三時までが休診時間だけど、午前は駆け込みが多くてずれこむはずだから、二時か三時くらいに来てくれると助かる、という伊勢彦に「判った」と頷く。カメリアは一時から営業を開始しているが、平日の早い時間はほとんど客が来ない。連絡さえすれば遅く出勤してもＯＫと響に言われているから、大丈夫だろう。

最後に松葉杖を渡され、歩き方の練習をしたあとで、アキは病院を出た。

「じゃあ、また明日な、アキ」

「あっ、うん。……また明日ね、伊勢くん」

きっと、その声で名前を呼ばれたせいだ。心臓はばくばくと跳ね、頬は熱く、足元は松葉杖のせいだけでなく、なんだかふわふわしていた。また明日な、アキ。また明日ね、アキちゃん。同じような台詞《せりふ》を響や幸子にも言われたことが何度もあるのに、どうしてこんなにどきどきしているのだろう。

伊勢彦の声は、なんだか特別だ。

アパートの前に着くと、待ち構えていたように猫が三匹現れて、アキの足元へじゃれついてきた。

「わー、ただいま、べっちん。びろうど、それにコールテン。もうご飯食べた？」

松葉杖を傍らの電柱に立てかけ、ゆっくりとしゃがんでその毛並みを撫でてやると、彼らはにゃあにゃあ、ごろごろと気持ちよさげな声を上げ、目を細める。

彼らはいわゆる「地域猫」で、町内会の有志によって去勢・避妊手術なども行われており、その印《しるし》に住吉町、と刻印された首輪をつけていた。

実はコウモリの姿で落下したとき取り囲んできたのは彼らなのだが、いまはすっかり仲良くなり、アキの出かけていくのをブロック塀の上から見送り、帰りにはこうして出迎えてくれる。

「今日ね、俺、すごく怖い目に遭ったんだけど……助けてくれた人がいてさ。伊勢くんって言うんだ。知ってる？　そこの、あつみ小児科医院のお医者さんだよ。それで、アパートの大家さん。俺は、店子なんだって。店子って、部屋を借りてる人のことだよ」

ごろごろと鳴るびろうどの喉もとをくすぐってやりながら、アキはもう一度「伊勢くん」と小さく呟いてみた。彼にぴったりの、カッコいい名前だ。しかも、明日も会える。

「えへへへへ」

やけに嬉しくて、アキは足首の捻挫のことも忘れて両手を伸ばし、三匹の猫を順番にわしゃわしゃと撫でた。

翌朝、起きて立ち上がってみると、足首の痛みはすっかり治まって、松葉杖をつかなくてもスムーズに歩けるくらいには回復していた。

昨夜言われた通りの、曇りときどき雨模様。

どんよりとした雲の下、伊勢彦に会えるのが楽しみで楽しみで、アキは返すための松葉杖を抱え、アパートを一時五十五分に出た。

同じ町内にあるあつみ小児科医院まではすぐに到着したが、ガラス窓のついた古いドアの向こうには事務員らしき女性が座っており、中からは子供の泣き声とそれをあやす母親の声や、笑い声が聞こえてくる。

なんだか、賑やかだ。自分などが入っていっても、大丈夫だろうか。レトロな門柱の陰からこっそりと中をうかがっていたところ、「あっ」とその事務員に気づかれた。彼女は立ち上がり、ドアを押し開けて顔を出す。

「こんにちは！」

「こ……こんにちは」

「あの、もしかして田中明さん？　じゃない？　そうでしょ？」

「え、えっ？」

なんで判ったんだろうと驚くアキに構わず、彼女は背後に向かって「先生ー、伊勢彦先生ー！　アキくん来ましたよー!!」と叫んだ。

「えっ、どれそれ？　どの人？　あれ、可愛い男の子！」

「あれ、まあ、ほんとねえ、肌が真っ白」

「ママあの子隠れてるよ？」

医院の中から続々と顔を出した人々に囲まれ、アキは診察室の椅子へ座った。

「あ、あ、あの……」

右脇で興味津々の顔をしているのは子供を連れてやってきた母親松田《まつだ》と、先代の医院長と個人的なつき合いがあり、いまも遊びに来るという近所の老女、カヨ。アキの左腕にしがみつき、無遠慮に揺さぶってくるのが松田家の喘息《ぜんそく》持ち、ヒロミチというらしい。

そして正面で「すまん」と言わんばかりの表情を浮かべて新しいガーゼの用意をしている伊勢彦の両脇には、強面《こわもて》の中年看護師が二人、無言で控えていた。

どちらも中年の女性なのだが、お揃いのパンチパーマにずんぐりむっくりとした体型のせいで、神社の前に設置されている狛犬《こまいぬ》か、彫刻の阿吽《あうん》像のようにも見える。

看護服の胸にある名札によれば、阿吽の「阿」は須藤《すどう》、阿吽の「吽」は佐伯《さえき》。二人とも、威圧感のある無表情で、じっとアキの顔を見つめていた。

あれ、なんだろ、なんか変かな、俺。なんでこんなに見られてるんだろう、どうしよう、いきなり吸血鬼だってバレちゃったら。

消毒とガーゼ、それに新しいテーピング。伊勢彦が手際よく取り替えてくれる中、膝の上に置いた手に汗をかきつつ、油の切れかけたブリキ人形のようにぎこちない動きで周囲を見ていると、彼は申し訳なさそうな表情で顔を上げ、周囲の人々に「そろそろ解放してやってくんねえかな」と言った。

「なんか、怯えてるから……」

「そ、そんなことは。あの、びっくりした、だけ……」

そもそも休診時間なのに、こんなにたくさんの人がいるとは、思わなかったのだ。

「夜道で助けた子の治療をしてあげたなんて聞いたから、てっきり伊勢彦先生、女の子でも助けたついでにナンパしたのかと思ったのに。可愛いけど、男の子かあ」

松田は続けて、「それとも伊勢彦先生って、もしかしてそっちの人だったの？」と意味ありげに笑う。そっち、という言葉の意味が判らず首を傾げたヒロミチとアキをよそに、伊勢彦は額に手を当てて大きなため息を吐いた。

「松田さん……いや、仮に俺がそうだとしても、それとは関係なく、近所で誰か怪我してたら普通、手当てくらいするでしょ」

「あ、やっぱり!?　じゃ、いいご縁がないってずっと言ってたのはそういう、カモフラージュ的な……」

「いやいやいや、なんでそこで目を輝かせるんです」

顔をしかめた伊勢彦を見て、「あらあら」とカヨも話に加わった。

「そうだったの？　先生。それならそうと言ってくれればよかったのに。そりゃ、見合いの話いくつも持ち込んで悪いことしたわねえ」

「いや、だから、仮にって話だから！」

ざわついた雰囲気を振り払うようにして、伊勢彦が手を振る。アキは相変わらず、まったく話についていけず、きょとんとしていた。

「そ……そうだ、アキ、昼飯は食ったか？」

なんだか急に思いついた、という顔の伊勢彦に尋ねられ、「えっ、あ、ううん？」と首を振る。出かける前にいちご牛乳は飲んだが、それはおそらく彼の言う「昼食」とは違うのだろう。すると彼はホッとしたように笑い、「なら、ちょうどいい」と立ち上がった。

「俺もこれから昼だから。よかったら一緒に出前取って食わないか？」

どうしよう、と壁の時計に目をやる。二時半。四時までには出勤すると伝えていたから、一時間と少しなら余裕がある。

それに出前はともかく、できればもう少し、伊勢彦と話がしたかった。

「あの……いいの？」

「なにが？　あー、心配すんな。なにかあったら、呼んで貰うから」

こっち来いよ、と促《うなが》されてアキも立ち上がる。「じゃ、わたしたちもそろそろお暇《いとま》しましょうか」と帰り支度を始めた松田さんやカヨさん、ヒロミチに「じゃあね」と手を振って、伊勢彦のあとに続いた。

「伊勢くん、お昼ご飯食べるの、遅いんだね。いつも？」

「ん？　ああ。患者が多いとこのくらいになることが多いかな。一応、午前中の診療受付は十一時半で終わりなんだけどな」

医院の裏口と、自宅である母屋の勝手口は廊下で繋《つな》がっていた。

引き戸の手前で靴を脱ぎ、中へ入る。

案内されたのは勝手口からすぐの部屋で、大きなテーブルと、その周りにはおそらく家中から余っているものを運んだのだろう、様々なタイプの椅子が置かれていた。ここが伊勢くんのおうちかあ、となんだかきょろきょろしてしまう。

「休憩用の部屋なんだ。弁当作ってくるスタッフもいるから、ここで食べて貰ってる。好きなとこ座れよ。あ、おまえ番茶飲むか？」

「う、うん。ありがとう」

「おう、それとこれ、出前のメニュー。奢《おご》ってやるよ。なんにする？」

手渡されたのは近所にある蕎麦《そば》屋のものらしい紙のメニュー表で、アキはそれを覗き込み、「あの、伊勢くんはなに食べるの？」と尋ねた。

「俺？　俺はカツ丼」

「カツ丼かあ、うーん……じゃ、俺はこの、かけそば！」

「かけそば？　そんなんでいいのか？　せめて月見とか」

意外そうな問いかけに「うん、いい」と頷く。かつて人間だった頃、奉公に出た先で、初めて温かいかけそばを食べさせて貰い、感動したことを思い出したのだ。いまはその味も判らないだろうが、ただ、懐かしかった。

　伊勢彦が電話で注文をするのをじっと見守っていると、通話を終えた彼に「ん？」と首を傾げられ、慌てて「な、なんでもない」と首を振る。出前を注文するだけなのにやっぱりいい声だな、などと考えていたのだ。どぎまぎと視線を逸らすと、壁際のチェストの上に、いくつかの写真が飾られているのが目に入った。

「あ、あ、これ……」

　その中の一つに、あつみ小児科医院の正面玄関の写っているものがあった。門柱の前に並んでいるのは初老の男と、その隣で優しく微笑《ほほえ》む女性、そして白衣を着た、いまよりも少し若く見える伊勢彦だ。

　男性と女性は、どことなく彼に面差《おもざ》しが似ていた。

「これって、もしかして、伊勢くんのお父さんとお母さん？　いつの写真？」

「あ？　ああ、そう。それは、五年くらい前のだな」

「そっか、えっとみんな、ここで一緒に住んでるの」

「いや……どっちも、もう死んだ」

「えっ！」

　死んだ？　と目を丸くしたアキに、伊勢彦は苦笑する。

「お袋は元々身体が弱くて、しょっちゅう入院してたんだ。これはひさしぶりに退院してきた記念に撮ったやつ。そのあとすぐ病院に逆戻りで、そのまま」

そう言って、彼はとん、と軽く家族写真の収まったフレームを叩いた。

「親父は泣いて泣いて、再婚の話も全部断って……二年くらい無茶な働き方して、医者の不養生《ふようじょう》ここに極まれりって状態だったから自業自得だけど、あっという間にあとを追っていっちまった」

「あ……」

「いまごろ、天国で仲良くやってるだろ」

「あ、あ、あの、ごめんね、俺……」

調子に乗って、余計なことを訊いてしまった。申し訳なくて、アキはテーブルの下、ぎゅっと両手を握る。だが、伊勢彦は気にした風もなく「いいよ」と答えて座り、ずず、と音を立てて番茶を啜《すす》る。

「見てて恥ずかしくなるくらい、お互いに惚《ほ》れ合ってたからなあ。お袋はあれでもお嬢さま育ちで、最初は町医者なんかに嫁がせられないって猛反対されたけど、親父は絶対に諦めませんって言い張って、粘り勝ちで結婚したらしい」

「……そうなんだ」

「おまえが綺麗で優しい最高の母さんに産んで育てて貰えてるのは、その母さんと結婚できた俺のおかげなんだから感謝しろって、酔うとわけの判らん感謝の強要されるんだぜ。面倒くさいだろ？」

しょんぼりしたアキを気遣ってくれたのか、伊勢彦は亡き父親の口真似をして、悪戯《いたずら》っぽく笑う。

「うん……あの、面白い人だったんだね、伊勢くんのお父さん」

「まあな。こっちはそのせいで、結婚のハードルってか、理想が上がっちまったけど」

「ハードル？」

「ああ、まあな。色々あるんだよ、この年になると」

そうこうしているうちにカツ丼とかけそばが届き、二人は食事が冷めないうちにと両手を合わせ、箸を割った。

「……いただきます」

「ん、いただきます」

どうしたらそんなにたくさん掴めるのか。指の力が強いのだろうかと思ってしまうほど大きな塊《かたまり》を持ち上げ、わしわしと勢いよく口へ運ぶ伊勢彦の食べ方は、アキにはとても男らしく見えた。

「どうした？　おまえも食えよ」

「う、うん」

みるみるうちに減っていく彼の丼を見ながら、たどたどしい箸使いでそばを啜る。薄い膜が張ったように味覚の麻痺《まひ》した舌ではやはり砂を噛むようで、お世辞にも美味しいとは感じられなかったが、ひたすらにもぐもぐと咀嚼《そしゃく》して飲み込んだ。

食事のあとで伊勢彦が、湯呑みに新しく番茶を注いでくれた。

「ありがとう」

「そういえば昨日、妙なもんが好きだって言ってたよな、なんだっけ、いちご？」

「いちご牛乳？　覚えててくれたの？」

誰かに自分の好物を覚えて貰えるなんて、嬉しい。ぱっと顔を上げたアキに「そうそう」と彼はまた苦笑して、頷く。

「悪いな、番茶しかなくて」

「ううんそれより今日はご馳走《ちそう》さまでした」

とアキは座ったまま、ぺこりと頭を下げた。

「どういたしまして」

えへへ、一緒にご飯食べるなんて本当の仲良しみたいだよなあ、と頬を緩めかけたアキに、伊勢彦は「ひとつ訊いていいか？」と言った。

「うん、なに？」

「昨夜のあいつのこと、どうすんだ？　捻挫で済んだからよかったものの……大丈夫なのか。また襲われたりしないのか？」

指摘されて、ハッとした。たしかにそうだ。昨夜は間一髪《かんいっぱつ》のところで助けて貰えたけれど、もう一度襲われたら、今度こそ殺されてしまうかもしれない。

「まさかおまえ、なんにも考えてなかったんじゃないだろうな……?」

アキの表情からそれを悟ったらしい伊勢彦は、疑い半分、呆れ半分という目でこちらを見た。その通りだ。正直、なにも考えていなかった。今日は伊勢彦にもう一度会える、というのが楽しみでしかたなくて、そのことばかり考えていたのだ。

「ど、どうしよ……?　あっ、でも昼間は大丈夫じゃないかな。だってほら、人目があるし。それに夜は、えっと……相談したら、もしかしたら、駅まで送って貰えるかも」

「誰に」

「その……バイト先の人に」

「あー、そうだ。それそれ。それも訊こうと思ってたんだよ。おまえ、どこでなんのバイトしてんの」

訊かれ、アキは「あっ、俺?」と答えた。そういえば、説明していない。

「俺ね、上野駅の近くで占い師してる」

「う、占い師?　おまえが?」

「うん。ブラッディ・メアリー・アキ先生の動脈占い」

けっこうファンがいるんだよ、とアキは胸を張る。

「動脈占い……?　そりゃどういう……あ、いや、説明しなくていい」

伊勢彦は言葉の途中でさっと片手を挙げ、「俺はどうもそっち方面は苦手だから」とアキの説明を遮った。

「そっち方面？　上野のこと？　人が多いから？」

「あ？　いや、オカルト的なあれだよ。幽霊とか妖怪とか、ガキの頃みたいに怖いってわけじゃないけどやっぱ、あんまりな……得意じゃないというか、俺にはよく判らん」

「あ、そ、そっか……」

詳しく聞きたくない、ということらしい。じゃあ、吸血鬼もきっとダメだな、というか吸血鬼が大丈夫な人なんて、どこにもいないもんな、と項垂《うなだ》れ、しゅんとしたアキだったが、伊勢彦が気を取り直したように「俺でいいなら、迎えに行ってやろうか？」と申し出てきたので、ふたたび顔を上げる。

「え、えっ？　それって、伊勢くんが？　俺を？」

「あー。どうせ夜はヒマなんだ。昨日みたいに緊急の往診が入らなきゃ、飯食ってテレビ見て風呂入って寝る、くらいしかやることがない」

本当だろうか。じっと見ていると、彼は「しょうがねえだろ、無趣味なんだ」とやや気まずそうにつけ足す。

「でも……でも、いいの？　このあたりじゃなくて、上野だよ？」

遠慮深く尋ねてみたが、アキはどこかで伊勢彦に「いいよ」と言って貰えるのを期待していた。誰かが自分を迎えに来てくれるなんて、正真正銘《しょうしんしょうめい》、生まれて初めてのことだ。

「別にいいよ、気にすんな。たかだか一駅だろ」

「…………！」

嬉しい答えに、アキの顔はぱっと輝いた。今日はこれで伊勢彦とお別れだと思っていたのに、夜にまた会えるなんて。カメリアの仲間や猫たち以外と、長く会話をすることさえものすごく久しぶりなのに、迎えにまで来てくれるなんて、まるで大親友か、恋人のようではないか。

「わ、わあ……」

「なんだその顔？」

「え……えっ？　お、俺、どんな顔してる？」

「顔が赤くてすげえニヤニヤしてる」

「そ、そんなことないよお」

「いやそんなことあるだろ」

ええ、そうかなあ、気のせいじゃない？　ともじもじしつつ、アキは番茶の入った湯呑みを覗き込む。

「あ、あのさ、伊勢くん、俺も、訊いてもいい？　ご飯とか、迎えに来てくれるとか……なんで俺に、そんなに親切にしてくれるの？　俺が、店子だから？」

「いや……なんでって、うーん」

その質問に、伊勢彦は眉を寄せて唸った。

「……変か？」

彼の、意思の強そうな黒い目で見つめられると、心臓がどきどきする。

「べ、別に変じゃないけど、なんでなのかな、って思って」

「店子だからっていうか……なんつーか、放っとけないんだよ、おまえみたいなの。職業病みたいなもんかもな。まあ、わけありみたいだし」

昨夜もそうだが、明らかに怪しいだろうに、あれこれと突っ込んでこずに「わけあり」で済ませてくれる気遣いは、本当にありがたい。

「うちはじいさんの代からこういう商売で、俺も昔から病気で具合悪そうな子供とか、熱のせいで不安になって泣いてるのとか見てきたってのもあるな。俺にできることがあるなら、してやりたくなるっていうか」

「俺、子供じゃないけど。……だって、二十歳だし」

というか、本当のところは百五十ウン歳だ。子供どころの話ではない。しかし伊勢彦は面倒くさげにがしがしと髪をかき、「まあ、あんまり気にするな」と言った。

「ていうかおまえ、店子って言葉、覚えたばっかかだから使いたいんだろ」

「えへへ、うん、バレた？」

「判りやすい」

伊勢彦はそれから、白い紙と黒い油性マジックを持ってきて、アキに上野駅からカメリアまでの地図を描かせた。

「おまえ、絵心ないな」

「…………」

「まあでも、上野駅公園口からこう行ってこう行って、アメ横の脇入ったとこだろ、うん大丈夫、判る、判る。……これカメリアビルって書いたんでいいんだよな？」

伊勢彦は未知の暗号でも解読するかのように眉を寄せつつ、へろへろの線と、ミミズの這ったような文字を読み取ってくれた。

「うん、そう。終わるのは、八時だよ」

「判った、八時な」

どうしよう俺、誰かに迎えに来て貰うなんてほんとに初めてだ、嬉しい、と椅子の上でさらにもじもじしていると、開けたままの客間のドアがとんとん、とノックされた。

「先生、患者さんです」

そう言って呼びに来たのは、阿吽の「阿」、須藤だった。相変わらずの無表情だ。

「あ、じゃ、じゃあ……俺も、もう行くね。おそば、ご馳走さまでした」

「おう、また夜にな」

「うん！　夜ね!!」

嬉しすぎて、声が大きくなった気がする。

もう一度医院の中を通って外へ出ると、「三崎《みさき》」の名札をつけた受付スタッフが「アキくん、バイバイ」と言ってくれたので、アキも笑顔で「バイバイ！」と返した。


夕方からは、ぽつぽつと雨が降り出した。

占いの館カメリアには今日は、響と幸子の他にナンシー南こと古南としえもいて、フルメンバーだ。そのせいか小上がりはぎゅうぎゅう、少し狭い。

「あーもう、鬱陶《うっとう》しい、また降ってきた。ねえ梅雨明けっていつ頃だっけぇ？」

「今月いっぱいは降るんじゃない？　梅雨明けって、七月に入ってからでしょ」

おやつの買い出しに行っていた幸子とともしえがぼやく。近所にあるディスカウントスーパー、ほてい屋のビニール袋を受け取った響はそれを覗き込みながら、「もうすぐだと思うんだけどね」と言った。

今日の幸子のメイクテーマはバラだそうで、アイシャドーは緑のラメ、つけまつげも緑色で、唇は鮮やかな赤。「グロスで瑞々《みずみず》しさも演出してみましたぁ」とのことで、いつも凝っていてすごいな、と思わず感心してしまう。

「俺は雨の方がいいなあ」

平熱が低いせいで暑さはさほど苦でもないのだが、問題は日差しだ。

薄曇りの日であれば帽子と長袖でしのげるが、これから本格的な夏に入り、カンカン照りの太陽の下ではさすがに日傘を使わなくてはならない。そうしなければ皮膚が焼かれて、とんでもないことになるからだ。かつて吸血鬼になりたての頃、それでひどい目に遭い、しばらく外を歩けなかった。

おまけに最近は体力が落ちているのもあって、あまりにも強い日差しは日傘と長袖でも完全には防げず、うなじや腕、顔などがひりひりするようになってしまった。

「そういえばアキちゃんってさぁ、実際のとこ、おひさまに当たるとどうなるの？　お話の中の吸血鬼みたく、灰になっちゃうの？」

幸子の質問に、アキは「灰になるかは判らないけど」と答えた。

「でも、火傷《やけど》はするよ。したことがある。もしかしたら、ずーっと当たってたら、火傷を通り越して燃えちゃって、灰になるのかも」

「わ、こわっ」

平日の夕方、それも雨ともなれば、占いの館を訪れる客足も少ない。

おやつを囲んでわいわいと話が盛り上がる中、アキは「ねえ響さん、ちょっといい？」と響の衣装の裾を引っ張った。

「どうしたの？　アキちゃん」

「あのね」

例の薬売りに目をつけられていたのは自分だったこと、昨夜ここから帰宅する途中、コウモリから人間に変わったのを見られたばかりかそのまま殺されそうになったことなどを話すと、響はたちまち険しい顔つきになった。

「なんですって……!?」

その目を見た瞬間、アキは身動きできなくなる。メデューサの瞳の効力だ。

「……っ……！」

ちゃぶ台の向こう側で、同じく話を聞いていた幸子ととしえが「響、髪の毛、髪の毛動いてる、なんかざわざわしてる、蛇《へび》っぽい、アキちゃん石になっちゃう」と怯える。

「ああ、ごめんね」

すっとその眼差《まなざ》しがやわらぎ、途端に解放されたアキは、がくりと畳に手をついた。

「うう……」

その背中を撫でてくれながら、幸子が「もぉーっ！」と心配げな声を上げる。

「だからしばらく家まで送ってあげようかって言ったじゃないのぉ。あっでも、銃まで向けられてよく逃げ出せたわね？　まさか、ついに禁断の吸血行為を……？」

「ち、違うよ！　あ、あの、実はその、絶体絶命、みたいになったんだけど、助けてくれた人がいて。それが俺のアパートの大家さんで、伊勢くんっていう……」

「ちょっと待ってアキちゃん。大家？　伊勢くん？　伊勢くんってまさか……あつみ小児科の跡取り息子の、温海伊勢彦のこと？」

「え？　う、うん」

まだ髪をざわざわと揺らしたままの響が怪訝な顔で、きれいにルージュを引いた口元へ指を当てる。

「……変身したとこ、彼にも見られたの？」

「ううん。それはたぶん、大丈夫。俺、転んだんだけど、それで怪我したの、手当てしてくれて……今日も、テープ、新しく巻いてくれてね」

ほら、と衣装であるワンピースの裾をたくしあげ、ジーンズの裾も捲《まく》って見せる。

「それで伊勢くんはね、俺のこと心配してくれて、おそばも奢ってくれたんだよ。それにまた襲われるといけないから、今日、迎えにきてくれるんだって……!!」

「む、迎えにって？　ここまで？　わざわざ？」

「うん！　すごーく親切で、いい人なんだ」

「親切ってレベルかしらぁ？」

口々に疑問を呈するとしえや幸子を前に、アキだけは頬を染め、「そうだよね、伊勢くんって優しいよね」とマントの裾をいじった。

「ハッ！　アキちゃん！　もしかして、惚れたの？　その男のこと、好きになったの？」

「えっ！」

ちゃぶ台の上に身を乗り出し、ずばり単刀直入《たんとうちょくにゅう》に突っ込んできた幸子の顔を見返して、ぱちりと瞬きをする。惚れた？　好きになった？　――俺が、誰を？　思考が停止したアキの口は、ぱかりと半開きになった。

「あらぁ、お口開いちゃったわぁ。いま初めて気づいたのね」

「え、待って、本気なの？」

戸惑うとしえとは対照的に、幸子は拳《こぶし》を作り、その太い右腕を上へ突き上げた。

「いやーん！　おめでとうフォーリンラブ！　でもさぁ、ちょっとちょろすぎない？　助けて貰ってご飯奢って貰って、迎えに来てくれるってだけで……」

言葉を止め、数秒間なにか思案する様子を見せたあと、カッと目を見開く。

「いや、惚れる!!　あたしでも好きになるわ！　やだぁもう、なんて罪な男なの伊勢彦！　ていうか、向こうもそこまで親切にしてくれるってことは、アキちゃんのこと好きなんでしょ!?　そうなんでしょ!?」

「あ、あの……そ、そうじゃなくて、えっと、伊勢くんはね、なんていうか、俺みたいな、わけあり？　なのをほっとけないんだって。そして、それはたぶん、お医者さんだから」

「ええ？　なに言ってんのぉ？　いくら医者だからってそんな、ねぇ」

「でも、だって、そう言ってたよ」

そこで、それまで幸子とアキのやりとりを聞いていた響が、「ちょっと、ちょっと待ちなさい」と口を挟んできた。

「アキちゃん、そっちだったの？　別にいいんだけど、知らなかったわ」

「？」

そっち？　あれ、それって、なんだっけ。

響の言葉に聞き覚えがあって、アキはふたたび口を開けたまま、首を傾げた。どこで聞いたのだったか、と記憶を辿り、ぱっと閃《ひらめ》く。そうだ。昼間、伊勢彦が松田に言われていたのと同じだ。

「ねえ響さん、そっちって、なに？　どういう意味？」

「つまり、男の人が好きな男だったの？　ってことよ。幸子みたいに」

「要するにゲイってことよぉ、アキちゃぁん」

顔を差した指をくるくると回されて、ほああ、と間抜けな声を漏らした。よくよく見れば、緑色に塗られた爪にはトゲのかたちをした飾りがついていた。

「ゲイ……！」

「前、説明してあげたでしょ？　好きになってぇ、手を繋ぎたいとかキスしたいとかぁ、それよりもっと色んなことしたいなぁ、っていう相手が自分と同じく、男ってこと」

そういえば、そんな話をされたような気もする。

「はあ、お……俺、俺も、ゲイだったの？　えっ、そうだったのかな？　そう？」

「なるほど、無自覚パターンね。そういうのも好みよぉ、あたし」

「あんたの好みなんて誰も訊いてないわよ」

「断定するのはまだ早いんじゃない？　アキちゃんがちょろいのは前から判ってたことだし、優しくされて舞い上がってるだけなら恋かどうかはまだ判断できないわ」

落ち着いた声でとしえが言うが、肝心のアキは、すっかり衝撃を受けてしまっていた。

俺、そうなのかな？　伊勢くんのこと、そういう感じで好きなのかな？

だから彼に「アキ」と呼ばれたり「また明日」と言われるたび心臓がどきどきして、足元がふわふわしてしまうのだろうか。あの声でちょっとだけ叱《しか》られたい、と思ってしまったのもつまり、彼に恋をしたからなのだろうか。

「としえの言う通りよ、幸子、決めつけるのはやめなさい」

「でも今日はアキちゃん、ここにきて一度も、あんなに大好きないちご牛乳飲んでないのよぉ？　話しかけてもちょっと上の空っぽかったしぃ。好物も喉を通らないなんて、これはもう、恋愛の初期症状でしょ？」

「あっ」

言われて初めて、ほんとだ、飲んでなかった、と気づいた。たしかに今日はずっと伊勢彦のことを考えてしまっている。

「あ、あの……俺ね、伊勢くんが迎えに来てくれるって言ったとき、そういうのってなんか親友か恋人みたいだなって思って、すごく嬉しかったんだよね。それって、そういうことなのかな……?」

今日の伊勢彦の表情などを反芻《はんすう》していると頬が熱くなり、アキは思わず両手を当てる。

「あんたが言いくるめてどうすんのよ幸子」

「えぇ? 言いくるめるっていうか、自覚を促しただけでしょ。そっかぁ、ついにアキちゃんも恋するお年頃になったのねぇ。おめでとぉ、そしてようこそ、ゲイの世界へ!」

脳天気に祝福してくる幸子とは違い、響ととしえは思案顔だった。なかでも響は正座のまま姿勢を正し、アキを見つめた。

「あのね、アキちゃん。誤解しないで聞いて欲しいんだけど」

「う、うん……?」

「恋愛自体は自由だし、反対しないわ。アキちゃんが楽しそうにしてるのを見るのは嬉しいし、応援してあげたいなっていう気持ちもある。だけどやっぱりこういうのって、なかなか難しいのよ。……温海伊勢彦は、人間でしょう?」

「……うん」

そこでようやく響の言いたいことがなんとなく判り、アキはきゅっと唇を噛んだ。

「生きる世界が違う相手を好きになるって、とても苦労の多いことよ。わたしも……前の旦那とは結局、添《そ》い遂《と》げることはできなかったし」

響の人脈は、人間と結婚していたときに築いたものだということは知っていたが、離婚の原因や経緯については詳しく聞いたことがない。

「わたしもとしえも、もちろん幸子だってね、アキちゃんが泣くとこなんて、見たくないのよ。……それは判るわよね」

「うん。そうだよね、ありがとう。でも、俺……俺ね、あのまだ、本当に伊勢くんが好きなのかどうか、はっきり判らないいし、だから……」

これが恋というものなのか、それとも違うのか。

「……だからね……」

まだ、もう少しのあいだは答えを出さなくてもいいのではないか。アキのそんな気持ちを察したのか、響も「そうね」とようやく笑顔を浮かべた。

「アキちゃんには、人間のお友達ができたのだって、初めてだしね。恋かどうか決めるには、まだ早いわね」

「そ、そうだよね」

「それに、どっちかというと薬売りに目をつけられてることの方が問題だわ」

「あ……」

そうだ。昨夜の言われようからすると、どうやらアキは、人間に害をなす悪いモンスターだと思われているようなのだ。

「さすがに、薬売りに繋がるような人脈にはわたしも心当たりがないの。……本当に気をつけてね。そういう意味では、あつみ小児科の三代目がアキちゃんのこと気にかけてくれて、ありがたかったかもしれない」

「うん……」

せめて少しでも話を聞いてくれれば弁解もできると思うのだが、いきなり銃口を向けられてしまってはどうしようもない。ただでさえ説明が下手《へた》なアキがパニックに陥《おちい》れば、泡を食うしかなくなる。

「今日あたり、また油やにでも行ってみましょうか」

「いいわねぇ。さんせーい！　飲むわよぉ！」

「言っておくけど目的は聞き込みよ、幸子」

アキのために少しでも情報を収集してくれるという三人に、アキはお礼としていちご牛乳を振る舞った。先月ほてい屋で安売りをしていたときにまとめ買いをしたので、ストックに余裕があるのだ。

飛び込みでやってきた客を占うなどして過ごし、時計の針は刻々《こくこく》と進む。

日が暮れて、七時を過ぎたあたりからそわそわと落ち着かなくなったアキは、八時十五分前にはもう完全に使い物にならず、占いスペースから外を見ては控え室へ戻り、小上がりに正座したかと思えば立ち上がり、今度はビルの通用口を見に行き、また戻ってきて小上がりに正座する、という行動を繰り返した。

「ま、まだみたい」

そのたび、としえや幸子も、さすがに「大丈夫よ、誰か来たら、すぐに教えてあげるから」と苦笑する。

「う、うん。でも伊勢くん、どこから入るのか判んなかったら困るし、それに、俺の地図、すごい下手だったから……」

「大丈夫よぉ、ここ駅からすぐだし。それより、着替えて待ってたらどう？」

「うん……」

そう言われても気が気でないアキが、またしても通用口から外の通りを覗いていると、控え室の方から幸子が大声で「アキちゃん！　アキちゃん！」と呼ぶのが聞こえた。

「伊勢くん、来たわよぉー!!」

「！」

どきーん、と心臓が高鳴る。

どうやら伊勢彦は、占いブースのある正面口から来たらしい。

早く行かないと、という気持ちだけが一気に空回りした挙句《あげく》、焦ったアキはなぜか、控え室のドアの前でコウモリに変身してしまった。

「ピキャッ！」

「きゃっ！　えっ、な、なんで？」

ぺちーん、と半開きだったドアにぶつかり、床に落ちる。

アキを呼ぶためドアを開けていた幸子は慌ててしゃがみ込み、目を回しているアキを拾い上げた。

「ちょっと、アキちゃん！　しっかり！　あたしの声聞こえる？　戻らないと、ね！」

「……キー……」

「いい？　行くわよ、いちにの、さんっ」

ぽい、と空中に投げ出された瞬間、人間に戻る。着地は思いの外上手《うま》くいったが、目の前にはちかちかと小さな星が瞬いていた。

「あ……っ、あ、あ、ありがと、幸子さん……」

「いいのよぉ、っていうか大丈夫？　お水飲む？」

「だ、大丈夫。伊勢くん、あっち？」

ブースの方向を指させば、幸子はこくこくと頷く。

「うん。いま、アキちゃんのブースで待って貰ってるわ」

まとわりつくワンピースとマントに足を取られつつ、よろよろと控え室を突っ切り、ブースへと続くドアから出る。伊勢彦は幸子の言った通り、そこに座って待っていた。

「い……い……伊勢くん」

本当に来てくれた、約束通りだ、と嬉しさで胸がいっぱいになる。彼は昼間と変わらない様子だが、今日は白衣を着ていない。無地のTシャツにジーンズ、サンダルというラフな格好に傘を携《たずさ》えていた。

わあ普段着だ、とたったそれだけのことにも胸がドキドキする。

「おう、アキ。お疲れ。どうしたそのでこ」

「えっ、で、でこ？」

「赤くなってる」

「あ、あ、これはちょっと、その、ヘマを……」

呆れられるかな、と心配半分、期待半分で彼を見れば、予想通りの苦笑がこぼれ、「そっかしいな」というコメントを貰った。喜ぶべきことではないと判っていても、なんだかニヤニヤしてしまう。

「ていうか、なんだその頭？　かつらか？　おまえ、女装が趣味だったの？」

「あ……」

緩む口元を引き締めつつ「いやこれはその、まあちょっと色々あって。えっと、ビジネス女装だよ」とズレた説明をしていると、伊勢彦は今度は机の上のネームプレートを指さした。

「なんでブラッディ・メアリーなんだ？」

「そ、それはね、先輩に、つけて貰ったの。占い師名……カッコいいでしょ」

その問いかけに対する伊勢彦の反応は微妙だった。

「カッコいい……かどうかは判らんが、まあ、気に入ってるならいいんじゃねえか？」

「あの、俺、すぐ着替えてくるから！　待ってて！」

うろうろしているあいだに着替えればよかった、といまさらな後悔をしつつ猛スピードでマントやワンピースを脱ぎ、かつらも外す。普段着で、ふたたび控え室からブースへ出ると、伊勢彦は腕を組んで待っていてくれた。

「お待たせ、き、着替えたよ！」

「おう。じゃあ行くか」

促されてブースを出ようとしたアキの背後から、「ちょっと待ってくださるかしら？」と声がした。振り向くと、ロングワンピースの裾からすらりとした足を覗かせた響が立っていた。

「お疲れさま、アキちゃん。そちらが例のお友達よね？　ご挨拶《あいさつ》させていただける？」

「あ……あ、うん。伊勢くん、えっと、響さん、だよ」

「ああ、はい、初めまして。温海です」

「初めまして。夏目響です」

ここのオーナーをしてますの、と響はよそゆきの声と顔で言い、手を差し出した。

アキのブースのテーブル越し、握手を交わした二人はごく和やかに「アキちゃんがお世話になったみたいで」「いや、聞いたらうちのアパートに入ってるみたいだし、怪我してたしで、放っておけなくて」と会話している。

「アキちゃんにあのアパートを紹介したの、わたしなんですのよ。仲介をなさってる不動産会社の、常磐さんとお知り合いで」

「そうだったんですか。へえ……。そりゃどうも、ありがとうございます」

「この子、ちょっとドジなところもあるけど、気は優しいし、明るくていい子なの。伊勢彦さん、仲良くしてあげてくださいね」

「こちらこそ」

「ひ、響さん……！」

ありがとう、俺のために。感動してうるうると涙ぐむアキの頭をぽんぽんと撫でた響は少し屈んで、耳元へ囁いてきた。

「……医者と弁護士の知り合いは、多い方がいいからね」

「あ、そういう……」

「アキ、あそこで覗いてるのも同僚の……なんだ、占い師の人か？」

「え？　あ、うん。えっとね、幸子さんと、としえさんだよ。お疲れさま！」

「お疲れぇ、また明日ねぇ、アキちゃん！」

「気をつけて！」

控え室のドアからはみ出さんばかりに身を乗り出し、こちらを見ている体格のいい二人、そして響に見送られて、二人は外へ出た。

「あれ？　おまえ、傘持ってないの」

「えっ、あ、うん」

うちを出るときにあんまり降ってなかったからいいかなって思って、これもあるし、とアキはパーカーのフードをかぶってみせた。

「そういえば、昼飯食ったときも手ぶらだったな。財布とか携帯は？」

「携帯は持ってないけど、お財布はある。ピッ、てするカードもある」

ポケットからICカードの入ったパスケースとがまぐちの財布を出して見せると、伊勢彦は「なるほどな」と納得したようだった。

「じゃ、俺のに入れてやるよ。霧雨《きりさめ》だけど駅まで歩くだろ」

「えっ、い、いいよ伊勢くん、肩濡れちゃう……」

離れようとするアキの二の腕をぐい、と掴んで引き寄せ、伊勢彦は妙に優しい声で「バカ」と言って苦笑した。

「フードで歩こうとしてるやつがなに言ってんだ。いいから、離れるなよ」

そうして、彼は傘を広げた。アキはそれをぽかん、と見上げる。身長差のせいで、ずいぶんと高いところに傘がある。

「…………！」

あっこれ、もしかしなくても相合い傘ってやつだ、と思った。こんなことをするのは初めてだ。じわ、と耳のあたりが熱くなる。嬉しい。でも少し、恥ずかしい。

「よし、行くぞ」

「う、うん」

アメ横はすでに酔客で賑わっていた。この辺りには安い居酒屋や飲食店が多いのだ。二人は雑踏のなかを縫うようにして、駅へ向かう。伊勢彦の一歩はアキに比べて少し大きく、傘が雨を遮ってくれる範囲は狭い。濡れるのは別に構わないのだが、どうしてもきちんと隣を歩きたくて、置いていかれないよう早足になった。それでもやはり、歩調がずれる。

「だぁから、濡れるって」

苦笑交じりの声と共に、ぐい、と肩を抱き寄せられる。いつの間にか傘からはみ出してしまっていたらしい。だがアキは、肩に回されたままの伊勢彦の手や、密着した身体から伝わってくる体温で、雨どころの話ではなかった。

「……ひー……」

あ、ど、どうしよう、体温、じゃなくて、なんかすごく近い。伊勢くんが近い。くっついてる。どうしよう、そ、それになんか、いい匂いがする。ひいひいとよく判らない声を上げるアキに、伊勢彦は歩きながら「なんだよその声」とまた笑う。

「おっと、おまえ、ちゃんと信号見ろ。危ない」

「あ、あっ。……ほんとだ」

赤信号の横断歩道を渡ろうと一歩踏み出したところで、また肩をぐい、と引き寄せられた。目の前にはもう、ＪＲの駅がある。ここから地下へ潜って、地下鉄に乗るのだ。

「ご、ごめん」

「おう。……いいけどおまえ、夕飯食ったか？」

「俺？　えっと、あー、いちご牛乳、飲んだよ」

「だから……」

「あっ！」

「どうした」

さっきの質問で、猫たちのことを思い出した。雨の日でもエサ箱にはきちんと供給があるが、寝床に関しては、彼らは神社の境内《けいだい》でしのいだり軒下にいたりと様々で、ときには「入れてくれ」とアキの部屋のドアを引っ掻くこともある。

「みんな待ってるかも。あ、みんなって、猫のことね」

「猫？　おまえ、猫なんて飼ってたのか」

「ううん、野良猫。でも、近所の人たちで世話してる。俺ね、仲良しなんだ。こういう雨の日に、たまに泊まりに来るんだよ」

　アキは電車の中で、特に懇意にしている三匹について説明した。たった一駅の距離では語りきれず、電車を降り、住吉町の駅の改札を出てもまだ話は続く。雨はまだしとしとと降り続いていて、伊勢彦との相合傘の距離感にふたたびどぎまぎしつつ、濡れた歩道をゆっくりと進む。

「あのね、べっちんていうのが白い子で、びろうどが黒猫、コールテンが茶トラの猫なんだよ。ぴったりでしょ？　シコとかクロとか他の名前で呼んでる人もいるけど、俺はいつもそう呼んでるの」

「なんで全部布の名前なんだ」

「それはね、俺、むかし廻船問屋《かいせんどんや》さんで……」

　そこまで話して、ハッと口を押さえる。廻船問屋、丁稚《でっち》奉公、という言葉は現代では常用しない。妙だと思われるから気をつけた方がいいわよ、と響に言われていたのを思い出したのだった。

「じゃなくて、布の……えっと、問屋さん？　で、その、見習いしてたことがあって、そこでね、舶来《はくらい》の、珍しい布の名前を教えて貰ったことが」

「……舶来な」

「なんで笑ってるの？　あっ、俺の言葉おかしい？」

「いや？　別に。いい名前だな、三匹とも」

「やっぱりそう思う？」

褒められて、アキは満面の笑顔を浮かべる。

さすが伊勢くんはセンスがあるなあ、と悦《えつ》に入っているうちに、いつの間にかアパートの前に到着していた。カメリアビルからここまで所要時間約二十分。もっと駅から遠い場所にアパートがあればよかったのに、と思わずそんなことを考えた。

「猫、いないな」

仄白《ほのじろ》い街灯の明かりに照らされた「住吉町アパート」の文字がある門柱の下にもブロック塀の上にも、例の三匹の姿はない。

「うん。もしかしたら今日は俺んちじゃなくて、別のとこで寝ることにしたのかも。べっちんたちには、色んなとこに、おうちがあるからね……神社とか、そこの車庫とか」

それよりも伊勢彦の傘から出てしまうのが惜しくて、アキはもじもじと俯いた。

「鍵は？」

「……うん」

あるよ、と渋々頷く。ポケットから出して見せると、伊勢彦はごく普通の顔で「じゃあ」

と言った。

「早く開けろよ」

「うん、あの」

もう少し歩く？　と提案してみてもよかったが、「なんで」と訊き返されてしまったら、アキにはもう言い返すアイディアがない。もう少し、もう少しでいいから一緒にいたいな、とぐずぐずしていると、伊勢彦は今度は少々ぶっきらぼうな声で、「怪我、診てやるから」と続けた。

「えっ」

「足だよ。捻挫。まあ、今日ずっと全然、普通に歩いてたから大丈夫なんだろうけど」

あ、そういえば俺、捻挫したんだった。

これぞ吸血鬼パワーというべきか、捻挫はおろか消毒液が染みに染みて痛かった傷さえすっかり快癒《かいゆ》してしまったので、すっかり忘れていたが、伊勢彦は「ほら、早くしろ」とアキを急かす。

「う、うん」

つまり、部屋に寄っていってくれるということらしい。それが判ると途端に嬉しくなってしまい、「早く開けなくては」と気が急いて、アキは鍵を落とした。かちん、と金属がコンクリートへぶつかる音が響く。

「あわわ」

「おい大丈夫か」

大丈夫です、大丈夫なので少々お待ちください、とこんなときばかり、なぜか敬語が飛び出してしまい、妙な汗をかく。ようやくドアを開けて「どうぞ」と伊勢彦を見ると、彼は苦笑して首を振った。

「違う違う、俺は別に入んなくていいんだよ、玄関で。おまえが靴を脱げ」

「あ……そ、そうか。なんだ、そうか」

「なんだってなんだ」

いやいやなんでも、と首を横に振り、そのせいで少しフラつきながら、アキは靴を脱いで上がり框《がまち》に腰を下ろした。傘を畳んだ伊勢彦は閉まったドアを背にしゃがみ込み、アキの足首に触れる。

昼間巻き直して貰ったテープがその手でぺりぺりと剥《は》がされていくのを、なぜか息をつめて見守った。

「痛みはないんだろ」

「……うん」

「そりゃよかった。しかし、ずいぶん治るのが早かったな」

筋を押したり足首を曲げてみたりと、あれこれ検分している伊勢彦の手はやはり大きく、節の目立つ指は長かった。肉のついていないアキの足首なら、親指と中指でぐるりと掴んでしまえるほどだ。それを意識した途端、心臓がどきん、と妙な風に跳ねた。

あれ。なんだ？　なんだろこれ。

「傷の方も……ああ、ほとんど治ってる。痕《あと》も残らないだろ、これなら。よかったな」

「……うん」

ジーンズの裾を捲って脛を確認し、顔を上げた伊勢彦と目が合わせられず、アキは不自然に俯いて返事をした。どきん、どきん、心臓はなおも跳ね続ける。

ど、どうしよう。こんなに勢いよくどきどき鳴ってたら聞こえちゃうよ。それか、足首から振動が伝わっちゃう。

「アキ？」

「……あっ、」

上目遣いでこちらを見上げてきた伊勢彦に名前を呼ばれた瞬間、す、とその指がくるぶしを掠めて、思わず声を漏らした。

絶対変に思われた、どうしよう、どう言い訳をしたら、とパニックで頭が真っ白になってしまい、ぎゅっと目を閉じたアキに構わず、伊勢彦は淡々とジーンズの裾を元に戻して立ち上がる。

「よし、終わり。この分なら、テーピングももういらないだろ。明日もバイトか？」

「あ……？　あ、うん」

どうやら心臓の音にも、妙なタイミングで発してしまった声にも、気づかれていないようだ。ホッとしたような残念なような、複雑な気分で頷いて、アキも立ち上がった。自分は上がり框の上、伊勢彦はまだ三和土《たたき》にいるせいで身長差が少し縮まって、いつもより目線が近い。

「あ……ありがとう、伊勢くん。いちご牛乳、飲んでく？　ご馳走するよ」

「いちご牛乳？　……いや、いい、遠慮しておく」

「そ、そっか……」

「おう、また明日な。同じ時間でいいんだろ？」

「うん。あの……いいの？」

「いいよ、気にすんな」

相変わらずぶっきらぼうだが気安い返答に、アキは待ってるね、と笑顔で返す。

「じゃあ」

「うん……あっ、伊勢くん、傘が」

ドアに立てかけてあった傘がずるりと傾き、倒れそうになっていたのだ。そのままだと、伊勢彦の衣服を濡らしてしまうと思った。手を伸ばして一歩踏み出したとき、アキは自分が目的の地面より一段上にいることを忘れていた。

ぼす、と鼻先がなにか温かいものに埋まり、目の前が真っ暗になる。身体が自分ではコントロールできない角度に傾いていて、けれどそれを両脇からがっしりと支えてくれる腕があった。

「おっ……まえ……気をつけろよ、せっかく治ったってのに」

「……っ！　……!!」

足が浮いている。ということはアキの全体重はいま、伊勢彦が預かっているということだ。あわあわと不自由な腕を動かし、がし、と相手の両肩にしがみつくと、「おい、大丈夫か」と耳元で声がした。

「あっ、あ？」

心臓が、とか、変な声が、とか、そういうことを考える余裕はなかった。

正面から持ち上げられて抱き合っているせいで、アキの顔はいま伊勢彦の右肩に載っているかっこうだ。すぐそばに頸動脈。薄い皮膚の下、脈拍に合わせてびゅうびゅうと流れる温かい血の気配を感じる。脳裏をよぎった赤いイメージにひゅ、と息を吸い込むと、突然、頭がくらくらするようないい匂いに気づいた。

なんだ？　なんだろ、この匂い？　なんだか、まるで――……。

「アキ？　おい」

息してんのか、と伊勢彦が慌てた様子で、アキを下へ降ろしてくれた。

「…………」

「アキ。おい、おーい？　瞳孔《どうこう》開いてるぞ」

ぺちぺちと頬を叩かれ、ハッと我に返る。

あれ、俺、なに考えてたんだっけ、いま。

「足ひねってないだろうな？」

「……う、うん……大丈夫。ごめんね伊勢くん。ありがとう」

「気をつけろよ」

苦笑しつつ、ぽんと頭を撫でて、今度こそ伊勢彦は傘を手に出ていく。見送ろうと思って靴に足を突っ込みかけたが、「いいから」と制されてしまった。

「じゃあな、おやすみ」

ドアを閉める前、そう言われて背筋が伸びる。

「お、おやすみ！」

お疲れさま、また明日ね、カメリアでいつも交わしているような挨拶でさえ嬉しいのに、おやすみなんて滅多《めった》に言われないことを言われ、アキは一人きりになった部屋の中で電気をつけて、うろうろと歩き回った。

「おやすみだって、伊勢くんが、伊勢くんが、俺に、おやすみ……」

撫でて貰った頭にも触れ、えへへと笑う。

雨足は少し強くなったようで、トタン屋根を叩く雨の音が、この部屋にも響いてきていた。アキは歩き回るのをやめ、薄い座布団の上にすとんと座ってその音に耳を澄ます。

伊勢くん、もうおうちに着いたかな。夕ごはんはなにを食べるんだろう。またカツ丼かな。いやいや、普通は昼間と同じものなんて、食べないかな。

しばらくそうして伊勢彦のことばかり考えていたが、やがてごろりと横になった。

「…………」

毛羽立った畳の目、もう一枚だけある座布団のカバーの、褪せた藍色。折りたたみ式のローテーブルは前の住人が置いていったものをそのまま使っている。並びの部屋の住人がシャワーでも浴びているのか、甘いシャンプーの匂いが通気口から流れてきた。

これもいい匂いだけど、やっぱり俺はサンワ乳業さんのいちご牛乳の匂いが一等好きだな、と考えた次の瞬間、不意にどきりとした。

——さっきの。

伊勢彦に抱きとめられたとき、首筋から感じた匂いだ。正確に言えば、皮膚の下の血管から感じた匂い。

「……似てる……？」

大好物の匂いと、伊勢彦の血の匂いが似ている、というのはいったい、どういうことなのか。アキは横たわったまま、口元に持ってきた指を曲げ、軽く噛んだ。

「……ん……」

考えるうち、甘美な匂いにくらくらとした感覚が戻ってくるようだ。あのとき伊勢彦の首筋に歯を立てていたら、どうなっていたのだろう。いびつな牙で薄い皮膚を突き破って、その下の血を啜ったら。

だめだ。伊勢彦にきっと、怖い思いをさせる。それに、自分のせいで彼が人間ではなくなってしまったら、取り返しがつかない。ぎゅっと目を閉じたが、一度想像してしまったことは、すぐには消えてくれなかった。ばかりか身体の奥がじわりと温かくなり、疼《うず》きさえ感じて、アキは思わず膝頭を擦り合わせる。

吸えない。吸えないよ、だって、だって——あんなに、優しくして貰ったのに。

「う、う」

脳内で必死に否定しているのに、身体の中の熱はどんどん大きくなっていくようで、恐ろしかった。もぞもぞと身体を丸め、両足のあいだに両手を挟み込む。

その途端、あらぬ場所を擦ってしまい、うう、と小さな声が漏れた。

「なんで……？　やだ、やだ……」

百五十年以上ずっとひもじい思いをしてきたけれど、それでもこんな風に、誰かの血のことで頭がいっぱいになることはなかった。自分はどこかおかしくなってしまったのだろうか。いよいよ吸血鬼として、身体が窮状《きゅうじょう》を訴えだしたのだろうか。

だけどうして、いまになって？

それにこのぞくぞくは、空腹を感じているから、というだけのものではない気がした。

身体の内側に篭っていく熱を、どうしたらいいのか判らない。ほんの少し腕を動かすと、さっきよりも強く股間が擦れて、アキはびくびくと身体を震わせた。そこが、硬くなっている。

「あ、あ……」

一応、知識として、それがどういうことなのか、知っていた。

普通の人間の男なら、好きな相手に反応して硬くなり、いわゆるセックスとか、そうした生殖《せいしょく》行為のために使用される器官だ。だけどいままで、アキ自身はこんな風になってしまったことはない。どうしたらいいのか判らないままでも、僅《わず》かな知識にすがってジーンズの中へ手を入れる。下着の上から触れただけでも、息がおかしな調子で跳ねて、唇を噛んだ。

「……っ、ん、ん……」

布の上からそこを撫でると、ひく、と膝が震える。

じいん、と背筋からつま先まで伝わった気持ちよさを忘れられず、もっと、もう少しだけ、と手を動かしているうちに、止まれなくなった。

「はぁっ……あっ、はあ、んっ、」

だ、だめ、よく判らないけど、きっとだめなのに、こんなこと、したら。

罪悪感は奇妙に甘美で、そこに伊勢彦の声が蘇《よみがえ》った。

——なんか、妙に無防備だな、おまえ。

たまらなくなってしまい、アキは下着とジーンズを膝の上までずり下げて、直接硬くなったそこを握り、ぎこちない手つきでしごく。

「ん……んーっ、ん」

右手は先端から漏れだしたもので濡れたそこに、そして左手は、なにかに噛みつきたくて仕方がない口元へあてがい、何度も甘噛みを繰り返した。

閉じた目蓋《まぶた》の裏に浮かんでいるのは伊勢彦の、少し日焼けした首筋だ。そこから立ち上っていた、甘い匂い。少しでも油断すれば、きつく歯を立ててしまいそうで、危うい気がして、そのひやりとする感覚さえ、泣きたいくらいの快楽を後押しする。

ふーっ、ふーっと息が深くなり、耳の奥に伊勢彦の苦笑した顔や、「アキ」という声が何度も蘇った。実際に言われてもいない台詞まで、彼の声で再生された。

——あーあ、なにやってんだよ、アキ。ダメだろ、そんなことしたら。

きっと例の、あの声で叱られたいという小さな願望が、聞かせているに違いない。いや、なじられたい、と言った方が正しいだろうか。その妄想のせいで、初めての自慰は長くは保たなかった。

四肢がぶるりと震え、ひくひくと腰が痙攣《けいれん》して、アキはついに射精に至る。

「…………っ！」

手のひらに放出された精液をどうしたらいいか判らず、どうしようどうしようと迷った挙句、ちゃぶ台の脇にティッシュボックスを見つけ、慌てて拭《ふ》く。

熱が収まってしまうと、今度は急激に、後悔が押し寄せてきた。

「さ、さ、最低だ……俺……！」

伊勢くんのこと考えながら、こんな、こんなことするなんて。どうしよう、知られたら、絶対に絶対に嫌われる。

心細さにもう一度、ぎゅっと背中を丸める。

疼きが引いたあとも脳内を占める血のイメージと蘇る甘い香りを振り払いたいのに、思い出すのは伊勢彦のことばかりだった。


翌日は、このところのぐずついた天気が嘘のように晴れた。

「うう、なんか、みんみん言ってる……」

セミの声で目を覚まし、梅雨の晴れ間をカーテンの隙間から眺めようとして、異変に気づいた。全身が熱く、そしてだるい。立とうとすると目眩《めまい》があって、アキはふらふらぺたり、と畳の上に手をつく。

「あ、あれ……？」

昨夜は畳の上で身体を丸めたまま、いつの間にか寝てしまっていた。明け方に目を覚ましたときなぜか震えるほど寒く、慌てて押入れから引っ張りだした布団を敷いてその中へ潜り込んだのだが、これは、もしかして。

『え？　風邪《かぜ》？　あはは、またまた、冗談でしょアキちゃん。風邪引くモンスターなんて聞いたことないわよ！』

慌ててかけた電話の向こうで、響が笑う。

「で、でも……あの、熱が……あって、ね。さんじゅう……ななど、にぶです……」

救急箱の中の体温計で測ってみたところ、三十七度を越えていた。吸血鬼であるアキの平熱は三十五度ほどだから、これは相当な高熱と言っていいだろう。

『あら、本当に？　それはたしかに熱があるわ。じゃ、知恵熱かしらねえ』

「ち、知恵熱？」

『そうそう。薬売りとか温海伊勢彦と、遭遇したり交流したりしたせいで、普段使わない神経使ったんじゃない？』

アキは受話器を耳に当てたまま、「そうなのかなあ……」と力なく呟いた。

『大変ねえ。そういうことなら、こっちは心配しなくて大丈夫よ。二、三日休んで、ゆっくり治して？　いちご牛乳の買い置きはあるの？』

「うん……ある。ありがとう……」

『じゃあまあ、大丈夫かしらね。お大事に。え？　違うわよ、アキちゃん知恵熱だって』

向こう側から、えーっホント？　大丈夫なのぉ？　という、幸子の声が聞こえた。そのあともなにかごちゃごちゃと言って笑っている。

「え、な、なに……？」

『あー。幸子がね、エッチなことでもしてて知恵熱出たんじゃないの、って言ってる。気にしなくていいわ。アホなのよあいつ。昨日の酒がまだ残ってるのかも。ザルなもんだから夜通し飲んじゃって、うちに泊めたんだけど……』

エッチなこと、という単語があまりにも的確すぎて絶句する。しかしそのおかげで、どうして判ったの、とは叫ばずに済んだ。同時に、昨夜の罪悪感がまた襲ってくる。

「うう……」

俺はなんてことを、と頭を抱えたアキに気づく由《よし》もなく、響は「じゃあね、アキちゃん」と言った。

『またなにかあったら、連絡して。お大事に』

「は、はい……」

　ともあれそうして、アキは店を休むことになった。

　吸血鬼になってから、熱が出たのは初めてだ。救急箱に入っていた市販の風邪薬を飲もうとしたがうまくいかず、粉が喉に張りつくわ気管に入るわで、死にそうになったので諦めた。いちご牛乳もなんとなく飲む気になれず、ふたたび横たわる。

　だが布団の中であれこれと考えているうち、ああ、せっかく今日も、伊勢くんが迎えに来てくれるはずだったのに、とそのことに思い至ってにわかに慌てた。

　そうだ、彼にも連絡をしなくては。今日はカメリアには行かないから迎えもいらないと伝えないと、無駄足を踏ませてしまう。しかし、困ったことに自分はあつみ小児科医院の番号を知らない。

　どうしよう、伊勢くんに迷惑かけちゃう。嫌われちゃうよ。

「うーん……」

　知らない番号を訊いてもいい番号があったような、なかったような。前に幸子さんが片思いの相手の家の番号をそれで調べたって言って……あっでも、そのあとなんか、ストーカーとか言われて非難されてたから、本当はいけないことなのかも。

　いったいどうしたら、とうんうん唸っているうちに、熱のせいか、アキはまた、まどろんでしまっていた。

どのくらいの時間が経過したのだろう。次に意識がはっきりしたのは、どんどんどん、と玄関のドアを叩く音が聞こえたときだった。

「アキ。……いないのか？」

呼びかけのあと、またノックの音が響く。

伊勢彦の声だ。ぱちりと目を開けてすぐ、あっだめ、会えない、と思った。だってそうだろう。自分は昨夜、彼の顔だの声だのを勝手に妄想しながら、自慰などしてしまったのだ。いったい、どんな顔をしていればいいというのか。

「……う、い……」

いないです、と返したかったのだが、寝起きの喉からは掠れた音しか出なかった。けほけほと咳き込みつつ布団から這い出し、ふらふらとした足取りで玄関に向かった。本当は居留守を使いたかったけれど、きっと心配をかけてしまう。

とはいえ朝よりもずっと身体が楽で、熱も下がってきたように感じられた。部屋の中はまだ、カーテンを閉めていても明るい。

なんで、どうしてここに伊勢くんがと思いつつドアを開けると、むわ、と暑い空気とともに、鮮やかな外の光が目に飛び込んでくる。しょぼしょぼと瞬きをするアキの正面には、逆光を背負い、白衣を着た伊勢彦が立っていた。

「よお、生きてたか。よかった」

一歩進んで影へ入った彼は、どこかホッとした表情を浮かべている。

「あ、伊勢くん、なんで……？」

「響さんに電話貰ったんだよ。おまえが謎の熱で寝込んでるから、もし余裕があったら見に行ってやってくれって」

そうか、そうだったのか、とアキは項垂れた。響と伊勢彦の気持ちはありがたいのだが、なにせ気まずい。完全に自業自得なのだが、昨夜あんなことをしたせいで、自分が全体的に薄汚れているような気がするのだ。

「あの……謎の熱、じゃなくて、ね、ただの……知恵熱、だって、響さんが」

「知恵熱？　そりゃ赤ん坊が出すって迷信だ。おまえのはたぶん、風邪だろ」

「！」

ごく自然な仕草で額に手を当てられて、アキはぴきん、と動きを止めた。思えば昨夜から、着替えてもいなければ風呂にも入っておらず、熱のせいで少しは汗もかいた。自分では判らないが、臭くはないだろうか。

「……まあ微熱、ってとこだな」

「う、う、うん」

ぎこちなく後ずさり、伊勢彦の手から離れる。

「あー、寝てろ寝てろ。風邪なら寝て直すのが一番だ。食欲は？」

訊かれて首を振ると「じゃ、ちょうどよかったな」と彼は笑って、手に提げていたコンビニのビニール袋を掲げてみせた。

「そ、それ、なに？」

「病人の食事。……ちょっと上がってもいいか？」

「あ、えっ？　う、うん」

それはもちろん構わないのだが、部屋には伊勢彦をもてなせるものがなにもない。きょろきょろと室内を見渡して、せめて座布団くらい、とそれを用意しようとしたアキに、彼は「いいから」と声をかけた。

「おまえは寝てろ。台所、借りるぞ」

「うん……」

うわなんにもねえな、おまえ料理したことないだろと少し驚く声がして、アキはそわそわとしつつ、とりあえず布団の上に座った。寝ていろと言われたが正直それどころではないし、かといって、彼の言葉を無視するのも気が引ける。

「あの、伊勢くん、俺もなにか、手伝う？」

「いらん。いいから寝てろ」

「あ、うん……」

振り向いた伊勢彦になおもそう言われ、座ったままもそもそと布団を被る。

「調理器具、ほとんど新品だな」

「え、う、うん、そう」

入居祝いと称して、カメリアの面々があれこれと買ってくれたのだ。

かちかちかち、とガスの火がつく音、そしてなにがが煮える音。ことこと、ぶくぶくというその音はやけに懐かしく、アキは座ったまま、またうとうととした。身体がぐらりと傾いてハッ、と目が覚める。

やがて伊勢彦が「できたぞ」と器に盛ってきたものは、なんというか、白くてどろりとしていた。しかも盛大に湯気が立っていて、とても熱そうだ。スプーンを手渡され、アキはぱちぱちと瞬きをする。

「これ、えっと、おかゆ……？」

「ああ。少しでも腹に入れとけ」

い、伊勢くんが俺のために、料理を。すごい。

感動と共に、「いただきます」と手を合わせる。

出来立てのおかゆは吸血鬼の舌のせいで味はしないものの、とにかく熱い。はふはふと少しずつ口へ運ぶアキを、伊勢彦はちゃぶ台に肘をついて見ている。なにか気の利いたコメントをしたいと思ったが浮かばず、小さな声で「美味しい」と言うと、彼はにやりと笑って、「だろ」と答えた。

「ゆっくり食えよ。火傷しないように」

頷くと、伊勢彦は苦笑して自分の口元を指し、「ここ、飯粒ついてる」と言った。

「ん、ん？」

伊勢彦が指したのと同じ側に触れたが、なにもついていない。

「いやこういうときは反対側だろ。向い合ってんだから」

「……？？？」

「こっちだよ」

いつまでも発見できないアキに焦れたのか、ぬっ、と手が伸びてきて、伊勢彦の親指が口元を拭《ぬぐ》う。彼がごく普通の表情で、その指を唇に押しつけてきたので、アキは口を開き、ぱくりとそれを咥えた。米粒を舐め取ったあとで、あっと思う。

あっ、うわ、俺、伊勢くんの指、舐めちゃった。

「……あ……あ、あ、ありがとう」

「おう」

ただでさえ熱い頬がじんわりとして、俯く。伊勢彦が指をどうするのか気になってちらちらと見ていたが、彼は別段どうともせず、閉めきったままのカーテンを見た。

「カーテン、開けてもいいか？　起きてるあいだくらい、明るい方がいい」

「え？　……あ、暑いかな、と思って？　天気がね、いいから……」

本当はそれを開けてしまうと、いまアキが座っているところまでばっちり、日光が入ってしまうからだ。家の中でまで日除け防備はしたくない。だが、伊勢彦はもちろん、そんな事情を知らない。

「暑いならなおさら、風入れた方がいいだろ」

言うなりシャッ、と勢いよくカーテンを引いた。

さあっ、と部屋の中が明るくなる。畳の上を照らした光はもちろん、座ったままのアキの、半袖から露出した腕にも降り注いだ。

「あ、あっ！」

じゅっ、と音を立てて肌が灼《や》けつく。持っていたスプーンを取り落とし、慌てて飛び退《すさ》ろうとしたアキはテーブルに足をぶつけ、その上にあったコップが倒れた。ぼたぼたっ、とその中に入っていた水が畳の上へ落ちる。

「あつ……うっ、うあっ！」

「……アキ!?」

「伊勢くん、し、閉めて、閉めて、カーテン……」

光の届かない部屋の隅に避難し、小さく身体を丸めたアキが懇願すると、伊勢彦は慌てて元通りにカーテンを閉めた。

ぽた、ぽた、と水の滴《したた》る音がする。

「うう……」

火傷を負った両腕を隠そうとしたが、叶わなかった。すぐに近づいてきた伊勢彦はアキの傍らに膝をつき、「見せろ」とその手を取る。

「大丈夫か？　なんだ、これ、炎症……？」

彼が驚き、そして心底、心配しているのが判った。これまで見たことがないくらい真剣な目つきで、火傷の状態を確認する。そんな場合ではないのに、アキはなんだかどきりとした。

「だ……大丈夫。あ、あの、玄関の、とこにね、アロエの鉢があるから……と、取ってきてくれる？」

「アロエ!?」

炎症を起こした肌にはアロエが効く、と教えてくれたのは幸子だ。鉢植えをひとつ譲って貰い、大切に育てていたのが役に立ちそうだった。

「こんなので、どうにかなるのか」

「うん。あの……剥《む》いて、載せて」

アキの指示通りトゲのある葉を取ってきた伊勢彦は半信半疑といった様子でその皮を剥き、水分の多い中身の部分を、赤くなった場所へ載せてくれた。

「はあ……」

アロエはひやりと冷たくて、気持ちがいい。アキは思わずため息をついた。

「ごめんな、アキ」

「なんで謝るの？」

低い声に問い返すと、伊勢彦は眉間に皺《しわ》を寄せ、悔しげな表情を浮かべる。

「いや、これ、痛むだろ。……俺のせいだ、悪かった」

「だ、大丈夫だよ、気にしないで」

倒れてしまったコップを元へ戻し、台所から持ってきた雑巾でこぼれたものを拭いてくれていた伊勢彦は、それが終わるとまるでキョンシーのように両腕を突き出しているアキのそばへ来て、もう一度火傷の様子を確認した。

「なあ、アキ」

「なに……？」

伊勢くんのこと考えながらえっちなことをしたバチが当たったのかな、それより太陽の光で火傷するなんて、人間ではないと気づかれてしまうかも、と内心ハラハラしていたアキだったが、真顔の伊勢彦の口からは、思いがけない言葉が飛び出した。

「おまえ、もしかして、紫外線アレルギーなのか？」

「え？」

紫外線アレルギー？　初めて聞いたが、そんなものが本当にあるのだろうか。

「あ、えっと、俺、その……うーん……」

「ちゃんと検査してるか？　おまえ自身が自分の状態を把握《はあく》してるならいいけど、もしそうじゃないなら、一度病院に行った方がいい。色々心配なら相談に乗れるし、医者も知り合いを紹介できる」

「う、うん」

真摯な声と顔つきに、本気で心配してくれているのだ、というのは察したが、ちゃんとした病院での検査などもってのほかだ。なおも詳しい話をしたそうな伊勢彦に、「ううん」「えっと」「でも」などと煮え切らない返事をしているうちに、彼が医院へ戻らなくてはならない時間となってしまった。

腕時計を確認しながら立ち上がった伊勢彦は、「アキ」とさきほどよりも声のトーンをやわらげ、さらに続ける。

「まあ、おまえもいま風邪っ引きだしな。今日や明日中ってわけじゃないし、検査のこと、前向きに考えておけよ。相談だけでもいい。俺でよけりゃ、いつでも話を聞くから」

「うん……ありがとう」

ごめんね、心配してくれてるのに俺、言えないことばっかりで。

最後の台詞は声には出さず、出て行く伊勢彦を見送るため、アロエを載せた両腕をつき出した格好のまま、玄関に立つ。彼はそんなアキの様子を見て、また申し訳なさそうに眉をひそめた。

「その腕……本当に悪かったな。わざわざカーテン閉めきってたんだから、なにか理由があるって考えるべきだった。俺が迂闊《うかつ》だった」

「え、そんなの、いいよ。伊勢くんは知らなかったんだから、仕方ないもの」

「いや。……アロエだけじゃさすがになんだから、俺にちゃんと手当させてくれ。あとでこっち、来てくれるか？」

「伊勢くん、俺、本当に大丈夫だよ。アロエはね、すごいんだよ」

「いや……でも」

「ほら、早く戻らなくちゃ。患者さん、きっと待ってる」

まだなにか言いたげな伊勢彦をドアの外へ押しやって、アキは「あの……伊勢くん」と彼の名前を呼んだ。こんなにも心配してくれている相手に、嘘をつき続けるのはいけないことのような気がしたのだ。

「ん？」

「あの」

あのね、とアキは少し迷って、うろ、と目を泳がせた。

——俺、実は人間じゃないんだって言ったら、伊勢くんはどうする？

きっとすぐには、信じて貰えないだろう。だが、この火傷の他にも、コウモリに変身して見せたり、元へ戻って見せたりすれば彼も、アキの言葉が事実だと判るに違いない。そうしてその途端、彼の態度が変わってしまったら、とも想像して怖くなった。彼の親切や優しさは、アキを自分と同じ「人間」と思っているからこそだ。

「や……やっぱり、なんでもない」

「なんだそりゃ」

言えよ、と眉をひそめられたが、ぶんぶんと首を横に振る。

「忘れた」

「はあ？」

「言おうと思ったこと、忘れちゃった。熱のせいだね、きっと。……だから、伊勢くんも忘れて」

「アホ」

おまえのそれは熱のせいっていうよりただのうっかりだろ、とため息をつかれ、うんそう、ごめんねと素直に謝って、話はそこで終わった。

「あー……じゃ、また、明日な」

「うん！　また明日！」

無理にでかい声出すなよ、と笑いながら、伊勢彦は帰っていってしまった。

「……はあ……」

ホッとしたような、残念なような。

ああ行ってしまった、またひとりぼっちだ。でも伊勢くんとお話できて嬉しかったなあ、とアキは大きく深呼吸をして、目を閉じる。

微熱のせいか、くっついた上下の目蓋に、じんわりとした熱さを感じた。

アホって言われちゃった、ウフフ、と「なじられたい願望」はまだ健在で、さきほどの会話を反芻していると、ごく自然に「好きだな」と思えた。

ああ――……俺、伊勢くんが好きだな。

明らかに、友達としての好きとは違う。

あの大きな手のひらで額に触れられたり、アキ、と名前を呼ばれたりしたときのどきどきや、彼の声がもたらす反応は、やはり特別なものだ。彼と一緒にいると、自分が常に空腹であることも忘れてしまう。

午後はまた、うとうとと眠った。明るいうちに目が覚めて、カーテン越しの光の色をぼんやり眺める。何時くらいだろうと考えていると、とんとん、と玄関ドアがノックされた。

「！」

伊勢彦だろうか。

また明日、と挨拶はしたけれど、優しい彼のことだから、アキを心配してもう一度訪ねてきてくれたのかもしれない。考えているうちにふたたびノック音が聞こえたので、慌てて立ち上がり、ふらふらとした足取りで玄関へ向かった。

「はあーい……伊勢くん？」

がちゃりとドアを開けると、そこに立っていたのは伊勢彦ではなく、背の高い、スーツ姿の男だった。三十代後半から四十代くらい、眼光は鋭く、髪をきっちりと後ろへ撫でつけている。

「あれ？　あ、あの……どちらさまですか？」

「…………」

男は冷たさすら感じる無表情で、じっとアキを見ている。

「あの……」

「会うのは、二度目だ」

彼はようやく口を開いた。その顔に見覚えはないが、彼が懐から取り出したものを見て、ピンときた。

——狐の面。

「く、く、薬売り……っ!!」

ぴぎゃーっと飛び上がったアキの腕に貼りついていたアロエがぼたぼたと落ちる。ドアを閉めようとしたが、阻まれて、できなかった。

「な……な、な、なんで！　なんで、ここ……ここに」

「忘れたとでも思ったのか？　そんなわけはないだろう。昨日は一日かけて、おまえを監視していた。取り逃がした化け物が人を襲ったら困るからな」

「か、か、監視……!?」

「そのあいだ、いくつか新しく情報も仕入れた。このアパートを紹介し、おまえを雇っている夏目響の素性も含めて」

「あわ……」

言っていることはよく判らないが、アキは怖さでぶるぶると震え、涙目になった。捕まってしまう、早く逃げなければと思うのだが、足が動かない。じっとこちらを見つめている薬売りの顔からはいっさいの感情が読み取れず、それが恐ろしかった。

「とある筋からの情報によると、夏目を筆頭《ひっとう》におまえたちは人を襲わず、人間社会に紛《まぎ》れて生活している一派だそうだが、それは本当か？」

人を襲わず。人間社会に紛れて。とりあえず耳に飛び込んできた言葉の意味を断片的に理解し、アキはこくこくと頷く。

「そ、そ、そう、そうです……！」

「……人間の血を吸ったことは？」

「な、な、ない、です」

「一度も？」

「一度も!!」

薬売りはそこで狐の面をしまって目を眇《すが》め、アキを上から下まで眺め回した。

「その言葉を信じるとすれば、わたしはおまえを撃つわけにはいかないが」

「……えっ！」

「人間に対して有害でない者を狩るのは、道理に反するからな。個人的には化け物連中相手に道理などと思うくらいだが、最近は口やかましいのがいてね」

心なしか残念そうな口調で言う彼の言葉を、少しだけ考えてから、アキは首を傾げた。

「え、そ、それって、つまり、俺のこと……か、狩らない、ってこと？　ですか？」

「執行猶予《しっこうゆうよ》、と思え」

「しっこう、ゆうよ」

ごくりと喉を鳴らし、緊張感に両手を握る。相変わらず無感情な目でこちらを見ている薬売りは淡々と言った。

「わたしはいつでも、おまえを監視している。姿が見えなくても、だ。吸血鬼として人間に危害を加えるようなことがあれば、すぐに仕留める。覚えておくことだ」

「あ……なんだあ」

それなら大丈夫、とアキは思った。彼に言われずとも、人間を襲う気も、その予定もない。よかった、と安堵《あんど》のあまりへたり込みそうになる。

「そうか」

けれど薬売りは突然、アキの額に人差し指と中指を揃えて触れた。ひやりとした感触に瞬きをする。その瞬間、ぱちん、となにか弾けた。

「わ、わっ！」

思わず後ずさり、段差に足を取られてどすん、と尻もちをつく。口を開けたまま薬売りを見上げると、彼は「契約の印だ」と言った。

「人の目には見えない。我々薬売りや、その他の、化け物を狩る能力のある者のあいだでのみ通用する印だ。吸血鬼の心臓は世界的に見ても非常に貴重なものだからな」

「し、心臓……」

物騒《ぶっそう》な単語に、思わず胸を押さえる。そんなアキに、薬売りは薄い笑みを浮かべる。

「そうだ。この先おまえが滅びるときが来た場合、その心臓を貰い受ける権利はわたしにある、という証」

「あの、俺の……心臓も、その、く、薬になるの？」

「吸血鬼の心臓には、反魂《はんごん》の効果があると言われている。蘇りの薬だ。わたしもまだ扱っ

たことはないが、ヨーロッパでの前例によれば、天文学的な値がつく」

「そ、そうなんだ……」

反魂。そんな効果があるとは知らなかった。アキは胸に当てた手を、ぎゅっと握った。

「吸血鬼は不老不死の存在。だが吸血をせずにいれば若さは保てず、肉体はいずれ無残に老いて朽《く》ちるだろう。そうなる前に血を求めるか、我々とは別の組織に狩られるか……どちらにせよ、おまえの心臓はわたしのものだ」

「おい、さっきからなに物騒な話してんだ？」

「！」

薬売りの背後から、低い声が聞こえた。尻もちをついたままのアキは、聞き覚えのある声に目を見開く。

「い、伊勢くん……なんで!?」

アキが尋ねると、伊勢彦はこともなげに「いや、なんか気になって」と答えた。

「で、診療が一段落したから、様子見にきた」

振り向いた薬売りの肩越しに、伊勢彦の顔が見えた。昼間と同じく白衣姿だが、ひどく警戒した表情で、ポケットからするりと携帯を取り出す。

「また不審者か？　通報するか？　今日は持ってるぞ」

「あ……えっ、ううん、だ、大丈夫だよ」

「不審者とは、心外な」

スーツの胸ポケットへ手を入れた薬売りは、今度は面ではなく、小さなケースを取り出して見せた。その中から、名刺らしき紙を伊勢彦に渡す。

「なんだよこれ。千眼《せんがん》……製薬？」

「千眼製薬常務取締役、千眼寺正甫《せんがんじまさとし》だ。そちらは？」

胡散臭《うさんくさ》げに眉をひそめる伊勢彦とは対照的に、薬売りは淡々と名乗った。尋ねられ、一応、という様子で伊勢彦も答える。

「……温海、伊勢彦。そこの小児科で医者やってる」

「彼とは？　友人か？　それとも」

「あんたに関係あるか？」

いつもは人当たりがいいはずの伊勢彦が、珍しく尖った声を出している。どうしてか判らず、アキはおどおどと立ち上がって、「あ、あの」と口を挟んだ。

「俺、あの、もう、お話は、終わったので……」

「そうだな」

とにかく早くこの場を終わらせたいアキに、千眼寺も頷いて、踵を返す。

「では、失礼する。……契約のこと、忘れるなよ」

「おい、ちょっと待て。契約ってなんだ」

聞き捨てならない、とでも言いたげな口調で伊勢彦が訊けば、彼は振り向き、ほんの少しだけ目を細めた。笑った、のだろうか。

「気をつけるがいい、温海伊勢彦。この界隈《かいわい》は少々、物騒なようだ。親切心で助けた相手は、おまえの思っているような存在ではないかもしれないぞ」

アキはその台詞にどきりとしたが、伊勢彦はますます警戒心を強めたようで、アパートの敷地を出て行く千眼寺の背中を睨みつけていた。

「……アキ」

低い声で名前を呼ばれ、ぴん、と背筋を伸ばす。

「は、はい」

「あいつ、まさか……こないだの」

「え、あ、えっ」

「やっぱりそうなんだな？　仲間か、それともあれが本人か？　くそ、この名刺もどうせ偽物だろ。暗がりでいきなり襲ってくるようなやつが、製薬会社の重役なわけないじゃねえか、ふざけやがって……」

「え、えっと、ちょっと待って」

破きそうな勢いの名刺を慌てて取り上げ、覗き込む。そこにはたしかに「千眼製薬」と印刷されていた。

「こ、これ、偽物、かなあ？」

「偽物じゃないなら、正々堂々と責任を取るべきだ。人に怪我を負わせたんだから」

「あ、あの……」

「会社に直接問い合わせるか、警察に届けるか、どっちにする？」

「伊勢くん」

「それに、契約ってなんだ。心臓がどうのこうの……はっ、まさか、おまえ、借金のかたに臓器売買なんて、しようと思ってるんじゃないだろうな？」

「………!!」

突拍子《とっぴょうし》もない発想に絶句しているアキを見て、なにを誤解したのか、伊勢彦はますます険しい顔つきになる。

「そうなのか？　おい、もしそうなら、おまえ、絶対に騙されてるぞ。千眼製薬っていえば業界ではそこそこの大手だ。そこがそんな、違法な取引するはず……」

「ち、ちが……違うよ、そんな、すごい話じゃないよ」

「じゃあ、おまえの心臓がどうこうってのは、いったいなんの話だよ」

「あ……あ、え、えっと、その、お、俺が死んだら、俺の心臓……は、くす……じゃなくてこの、千眼寺……さん？　の、ものになる、っていう」

咄嗟の嘘がなにも思いつかず、そう説明したアキに、伊勢彦は目を吊り上げた。

「だから、それが臓器売買っていう」

「ち、違うよ！」

「……アキ。俺は別におまえの家族でもなんでもないし、知り合ったばっかの他人だ。でもな、おまえはうちの店子でもあるし、言ったろ、放っておけないって。困ってることがあるなら、話してくれ」

玄関へ入ってきた伊勢彦に両肩を掴まれて、アキは眉尻を下げた。

「あ……」

「力になれるかもしれないだろ」

「あう……」

「俺は……俺にはもう、家族がいない。兄弟も、いないし。だけど、だから……自分が少しでも関わった相手のことは、大事にしたいんだよ」

「…………」

伊勢彦の言葉に嘘がないのは、痛いくらい判っていた。その分、自分が彼にしている隠しごとがつらくなる。

――これって普通？

――言わない方がいい？　嫌われちゃうかも。

――でも、嘘つくの、よくないよね……。

不安な気持ちを抱えた麻里に、好きになった人なら、きっと判ってくれると思うと答えたのは自分だ。そして昼間の別れ際、本当のことを話そうとして、どうしても、勇気が出なかったのも。

「なあ、アキ」

「…………っ、」

一度ぎゅっと目を閉じたアキはふたたび目を開けて、伊勢彦を見た。

「伊勢くん、大事にって……それって、その、俺……俺が、に、人間じゃ、なくても？」

「……あ？」

「俺、ずっと……か、隠してたけど、あの、本当は、吸血鬼なんだって……言ったら、伊勢くんは、どうする？」

歯切れの悪い言い方だったが、意味は伝わったようだ。

「……吸血……鬼？」

「う……」

軽く目を見開いた伊勢彦が次にどんな顔をするのか見ていられず、アキは慌てて俯く。

怖がられるだろうか、逃げられてしまうだろうか。騙すつもりはなかったが、本当のことを隠していたのも事実だ。どうして黙っていたんだと糾弾《きゅうだん》されても、仕方がない。あやっぱり言わなきゃよかった、でも伊勢くんに嘘をつき続けるの、いやだったんだよ、という葛藤《かっとう》で、喉が詰まってしまいそうだ。

「はあ……？　いや、ちょっと待て。話を整理させてくれ」

「う、うん……」

びくびくしているこちらをよそに、伊勢彦はそう言って玄関のドアを閉め、上がり框に腰を下ろした。アキものろのろと膝をつき、その背後へ正座する。

「おまえ、なんだ、その、なんだって？」

確認するように尋ねられ、俯いたままでもう一度、打ち明けた。

「きゅ、吸血鬼……あっ、あのでも、血を吸ったことは、ないよ。……本当だよ！」

アキは自分が人を襲ったことはなく、あちこちを放浪しながら生きてきたこと、いまは響の世話になって占い師としての職とこのアパートを与えられていることをつっかえつっかえ、説明した。

「なんだそりゃ……冗談……じゃ、ないみたいだな？」

「冗談じゃないんだ。ぜんぶ、ほ、本当の話なんだよ」

「……それで、契約ってのは」

「あの……さっきの、千眼寺さん？　っていう人、たぶん表の仕事は名刺の通りなんだと思う。でもそれ以外に、薬売りっていう活動？　をしてて、えっと、俺もあんまり詳しくは知らないんだけど……」

妖怪やモンスターの退治を請け負い、倒したそれらの臓器などを特殊な薬にして売るという彼らのことを話すと、伊勢彦は最終的にはこめかみを押えていた。あまりにも非現実的な話で、理解できる領域を超えてしまったのかもしれない。

「で、おまえの心臓を？　そんなの、ほとんど詐欺《さぎ》じゃねえか」

伊勢彦の語尾に怒りが滲んで、アキは慌てて頷く。

「う、うん。まあ、でも……」

薬売りが言う通り、この先、ずっと血を吸わなければアキはどんどん老いて――おそらく人間のそれとは違い、この容姿のまま皺くちゃになっていくのではないだろうか――見るに耐えない化け物になるのだろう。百年後か、千年後。それでも死ねないなんて、きっとつらいし、寂しい。そうなったとき、薬売りに心臓を渡して滅びるくらい、別にいいのではないか、と思えた。

「はー……。あー、そういえばおまえ、初めて会った日に妙なこと言ってたな？　雨か曇りなら来れるとか。あと今日の、腕の火傷の、あれ、うーん……」

大きなため息のあと、独りごとのようにそう呟いて、またため息が聞こえた。

「マジかよ……」

混乱させてしまったらしい。たしかに、知り合いからいきなり吸血鬼であると告白されても、にわかには信じられないかもしれない。それに彼は占いや幽霊など、オカルトな話は苦手だと言っていたではないか。アキは色々と申し訳ない気持ちになった。

「ご、ごめんね、伊勢くん」

「なんで謝るんだ？」

「だって」

板の間に正座したまま、アキは膝の上でぎゅっと手を握る。アロエが落ちてしまった両腕はまだ赤く、ひりひりしていた。

「俺……ずっと、黙ってて。あの、き、嫌われちゃうんじゃないかと思って……普通は吸血鬼なんて、その、いやなものだと思うし。でも、伊勢くんが構ってくれるの、嬉しくて、だ、だから、い、言えなかった」

本当に嬉しかったのだ。誰かが店へ迎えに来たり、雨の中を一つの傘に入って歩いたりするなんて、初めての体験だった。

「き、気持ち、悪いよね、ごめん」

なにも答えて貰えないのが伊勢彦の、無言の肯定なのだという気がして悲しくなる。

「ごめんなさい……」

じわりと滲んだ涙のせいで視界がかすみ、アキはまた俯いた。

するとドアに向かって座ったままの伊勢彦は、自棄《やけ》を起こしたように「あーもう」と両手でくしゃくしゃと髪をかき乱した。

「別に謝ることはねえだろ。けど、なんだよ、吸血鬼って。どういう展開だよ。くそ……俺はてっきり」

「な、なに？」

「おまえがあんまりガリガリで顔色も悪いし、ふらふらしてるから、よっぽど悪い病気かなんかで、でも金がなくて病院にも行けずにいるのかと思ってたんだよ。そのうち聞き出して、できることがあるなら、してやろうと……」

「そ、そうだよね。俺が人間、だったら……そりゃ、普通、心配するよね」

「違えよ、アホ。おまえは、あー……なんだ。あれだよ、あれ。友達だろ」

「えっ、と、友達!?」

予想外の単語に、思わず目を見開く。

「なにびっくりしてんだ。いやなのか」

「い、いやじゃ、ない、けど、友達って、あの、一緒にご飯食べたり、あ、遊んだり、出かけたり、と、ときには悩みを打ち明け合ったりするっていう、友達……？」

「その友達以外になにがあんだ？」

振り向いた伊勢彦は呆れ顔で言う。

「そ、そうだった、の」

「そうだよ。ていうか、おまえの友達の認識……」

伊勢彦はそう言って、不思議な表情を浮かべた。笑いたいのを無理にこらえているのか、眉と口角がひく、と動く。なに？　とアキは涙を滲ませたまま首を傾げた。

「いや、いい。それより遊んだり出かけたりしたいとこ、あんのか？」

「え、う、うん。えっとね、あの、物見遊山《ものみゆさん》的な……」

「物見遊山！」

「なんで笑うの！」

ついにブハッと吹き出した伊勢彦に驚くが、「いや、悪い。なんか古いっていうか独特なんだよ、おまえの言葉遣い」とまた笑われてしまった。

「じゃ……じゃあ、なんていうの？　あ、観光かな？　あのほら、お休みになるとみんなが行くでしょ、遊園地とか、動物園とか……水族館とか。それに、映画館とか」

「あー、判ってる判ってる。ていうか、そうか。そういうとこに行きたいのか」

「い、行きたい。俺、行ったことないんだ」

「ふーん。なるほどな。土日ならつき合ってやれるぞ」

「い……いいの!?　一緒に行ってくれる？　お、俺、もしも友達ができたら一緒に行きたいなって、思ってた場所がたくさんあって……わあ、えっと、どうしよ。あの、いますぐ決められないから、ちょっと、考えさせて」

「おう、存分に考えとけ。……で、おまえ、打ち明けたい悩みなんて、あるのか？」

「えっ？　あ、悩み、悩みごとはね、いまは別にないんだけど。もしできたら、そのときは伊勢くんに、一番に打ち明けるね」

「ないのか」

「うん。……へへ、友達かあ……」

嬉しかった。はるか昔、人間だったときにも、うっかり吸血鬼にされてしまってからも、誰かに真っ向から「友達だ」と宣言されたことはなかったからだ。友達、友達、と何度も口の中で転がして、さっき泣きそうになったことも忘れ、笑みを浮かべる。

「えへへ」

「……なんだよその笑い方」

そう言う伊勢彦も、なんだか照れくさそうに笑っていた。

彼はそれからもう一度、玄関先からアロエの葉を取ってきて、丁寧に皮を剥き、アキの炎症を起こした腕に載せてくれた。後日あつみ小児科へ行けば、もっときちんと処置してくれるという。

「今日はこれ以上熱が上がらないうちに、寝とけよ」

「う、うん。あのさ、もう一個だけ……悩みってわけじゃないんだけど、打ち明けていい？　伊勢くん、怒らない？」

「怒らないから言ってみろ」

「うん、あのね、俺……ご飯、何度もご馳走して貰っちゃったけど……」

アキはそこでようやく、自分が人間の食べ物を口にしても味がせず、砂を噛むように感じてしまうことを打ち明けた。

「全然？　判んねえの、味？　なんだそうだったのか。へえ、奢って損した」

口ではそう言うものの、伊勢彦の目には少し、面白がるような気配がある。

「ご、ごめんね」

「いやまあ、しょうがねえよな、吸血鬼じゃ。ていうか、じゃああれは？　いちご牛乳はどうなんだ？」

「いちご牛乳だけはね、なんでか、美味しいんだ。不思議だよね」

「なんなんだろうなあ」

「なんなんだろうねえ」

吸血鬼であるということがバレても、普通に話し、こうして接してくれることがとても嬉しい。ただ自分の心の片隅に、一つだけ、打ち明けられなかったものが残っていた。

伊勢彦のことが好きだ、という気持ちだ。

――でもこれは、ほんとのほんとに、絶対、秘密にしておかなくちゃ。

自分に人間の友達ができただけでも奇跡なのだから、彼にも同じように自分のことを好きになって欲しいなんて、間違っても望んではいけない。

言い聞かせて、アキは布団へ戻った。

翌日、午後になってカメリアに復帰したアキは、病欠していたあいだの出来事を、小上がりに集まった仲間たち——響、幸子、としえに話して聞かせた。

伊勢彦がアパートまでお粥《かゆ》を作りに来てくれたこと、両腕の火傷、そして薬売りがふたたび目の前に現れ、彼と心臓についての契約をしたこと。伊勢彦に自分が吸血鬼であると打ち明けたこと。

彼女らの反応はやはり、主に薬売りのことに集中した。

「な、なぁにその、一方的かつ恐ろしすぎる契約……解消できないの？」

「判んない。おでこも普通だし……でも、薬売りとその仲間？　には、見えるんだって」

「ねえアキちゃん、その名刺、いまも持ってる？」

うん、と頷いて、アキはポケットの中からパスケースを取り出す。

「今朝、これが郵便受けに入ってた。名刺と、あと契約書だって。でもね、切手が貼ってなくて、つまり、直接届けに来たってことだよね……」

「見てもいい？　アキちゃん」

アキは頷き、折りたたんだ茶封筒を渡す。中から名刺と契約書を取り出した響が、それを読み上げた。

「……甲は乙に対し、下記に示す条件を満たした場合速やかに心臓を譲り渡すことと定め、乙の他何人たりともこの契約に干渉、もしくは破棄《はき》することはできないとする……条件一、甲が人間に対して危害を加えたとき。二、甲が事故、犯罪被害、その他、あらゆる要因によって生命活動を停止したと確認されるとき」

「ね、ねえちょっと響ぃ、この千眼寺……正肯？　って男、千眼製薬の取締役って書いてあるわよぉ。これ本当なのかしらぁ？」

「千眼製薬？　業界大手じゃない……」

「あ、その会社、やっぱり有名なの？」

「有名も有名！　超有名よ！　一部上場だし、テレビCMだってバンバンしてるし、ここの胃腸薬とか頭痛薬とか、すんごいよく効くのよぉ。知らないの？　アキちゃん」

幸子に言われ、首を振る。アキの自宅にテレビはない。

「これ、まさとしって読むのか……」

「堂々と身元を明かしてきたってのがまた、癪《しゃく》に障るわよね。わたしたちが被害を訴えた

りできないって、判ってるからこそじゃないの」

「そうよね。こいつは妖怪やモンスターを脅《おびや》かす怖い組織の一員です、なんて公表したら、被害受けるのこっちだもの。むしろ頭のおかしい連中と思われる」

「うっわ、ちょっと見てよぉなにこれ、名刺の裏に電話番号書いてあるぅ！」

「え、ほんと？」

幸子の手元を覗き込むと、たしかにそこには、携帯電話の番号と思《おぼ》しき手書きの数字が並んでいた。

「どういうつもりなのかしら……死ぬ予定があったら連絡よこせってこと？」

「さあ……？」

三人に検分し尽くされたあと、契約書と名刺の入った封筒は、ふたたびアキのパスケースの中へしまい込まれた。

「災難だったわね、よりにもよって、温海伊勢彦と薬売りが鉢合わせするなんて」

「本当よねぇ。でも伊勢彦はさぁ、アキちゃんが吸血鬼だって打ち明けても、それでもいい、友達だって言ったんでしょぉ？　やだぁ、男らしーい。アキちゃん、ますます好きになっちゃったんじゃない？」

「うん。でも……そのことは、もういいんだ。俺は伊勢くんのこと好きだけど、これは恋だ、って言わないことにした。諦めるよ」

「なによそれぇ、悲しすぎるじゃなぁい」

「そんなことないよ。伊勢くんとは、友達だもん。それに俺、友達、欲しかったもの。世間話したりさ、一緒に出かけたりさ」

「そりゃ、そうかもしれないけどぉ」

「幸子、アキちゃんが自分で決めたんだから、外野があぁだこうだ言わないの」

「そうよ」

たしなめる響ととしえに対し、幸子はまだ不満げだったが、アキは着替えを済ませ、共用の冷蔵庫からいちご牛乳のパックを取り出す。

「それに俺、この土曜か日曜にね、へへ、伊勢くんと出かける約束してるんだ。まだどこに行くか、決めてないけど……これから、決めるの」

「ねえそれってぇ、つまりデート？」

「違うよ、友達だから、一緒に出かけるんだよ」

そう答えたものの、アキは内心、その約束のことはデートだと思うことにしていた。自分一人が心の中で、勝手にそう思うくらいは許されるはずだ。

その日の帰り道、あつみ小児科医院へ薬を塗って貰いに寄ったアキは、診察室で伊勢彦と相談し、二人は日曜日に水族館へ行くことになった。

東京スカイツリーの施設に併設された水族館で、ペンギンやオットセイ、そしてちんあなごという珍しい魚もいる、とテレビで紹介されているのを見て、行ってみたいと思っていたのだ。

約束を取りつけ、大喜びでアパートへ戻ったアキを、いつもの猫三匹が出迎えてくれた。

「やあみんな、いい夜だね。……俺がなんでこんなに上機嫌か判る？　ウフフ、あのね、伊勢くんがね、水族館に連れて行ってくれるって」

伊勢くんと水族館、伊勢くんと水族館、妙な節回しで歌いながらモフモフと両手で撫でてくるアキにやや引き気味だったべっちんは、すぐ立ち上がって離れていく。アキはめげずに、びろうどとコールテンを交互に撫で回した。

「このままずっと、友達でいられるといいな……」

ぽつりと口に出して初めて、いつまで？　と思う。

いったい、いつまでなら許されるだろうか。一年、二年、三年と順当に年を取っていく伊勢彦やその周囲の人々とは違い、アキは容姿が変わらない。五年くらいなら大丈夫だろう。もしかしたら、十年でも。でも、その先は？　もしも「あつみ医院の三代目は化け物とつき合いがある」なんて、噂になってしまったら？

もしくはアキが、伊勢彦を好きだ、とバレてしまったら。

そんなことを考えて動きが止まったアキに催促するかのように、コールテンのしっぽが手の甲をぺしぺしと叩いた。その感触にハッとする。

「やめ、やめ」

そんな、ずっと先のことなど考えても仕方がないではないか。とにかくいまは、伊勢彦と楽しく過ごせれば、それでいい。

なにせ初めてできた「友達」なのだ。

「ペンギンと、オットセイと、ちんあなご、見に行くんだよ。いいでしょ？　みんなにも、お土産《みやげ》買ってきてあげるね」

ごろごろと喉を鳴らすびろうどとコールテンの代わりに、なああん、とべっちんが少し離れた場所から鳴いた。

「これはね、松田さんに。それで、これはカヨさんの。ヒロミチの分もあるよ、ほら可愛いでしょ。あと……あの、これみんなにも、よかったら」

「へえ、すみだ水族館に行ってきたの！」

「うん、伊勢くんと」

「ヒロミチ、ありがとうは？」

「ありがとう!!」

「えへへ、どういたしまして」

日曜日、約束通りにアキは伊勢彦と出かけ、スカイツリーの下にある水族館とショッピングモールへ遊びに行ってきた。

休日はすごい人出だと聞いていた通り、モールの中はまっすぐに歩くのも難しいほど混み合っていて、アキは人酔いをしてしまったくらいだが、水族館は素晴らしかった。

くらげの浮遊《ふゆう》する幻想的なゾーン、ちんあなごや信じられないくらい大きなエビのいる水槽、大小様々な魚やエイ、サメの泳ぐ大水槽、ペンギンとオットセイがいるゆりかごのようなプール型水槽。初めて目にするものばかりだったアキは一つ一つの水槽の前で釘づけになってしまい、ほとんど一日中を水族館の中で過ごした。

ゆらゆらと揺れる青い水の中を泳ぐ、色とりどりの生き物。不思議なかたちと動きに魅《み》入《い》られてしまい、ぽかんと口を開けたままガラスに貼りついていると時間の経つのも忘れてしまい、伊勢彦の呼びかけにも反応せず、「アーキー！」と耳を摘まれてようやく我に返る、ということが何度もあった。

彼はそんなアキのことを「魂《たましい》が抜けてたぞ」と言って笑い、それでも満足がいくまで眺めることにつき合ってくれた。

アキがもっとも気に入ったのはちんあなごの水槽だが、それでも人気プログラムであるペンギンの餌やり時間には、飼育員の周囲に群がってよちよちと歩くペンギンの可愛さに感動し、涙目になった。

伊勢彦は「ペンギンが飯食ってるの見て泣くやつ、初めて見た」と言って、涙目のアキの隣でやはり楽しげに笑っていた。

彼に借りた携帯で、水槽の中の生き物を撮影しようと試みたのだが、慣れない手つきのアキにはうまくできず、必ずガラスに自分の顔、それも必死で間抜けな表情が映り込んでしまい、一枚もまともな写真が残せなかった。

見かねて伊勢彦が写してくれたアキの写真は、ペンギンの水槽の前で直立不動になって口を半開きにしているもので、「恥ずかしいから消して」と頼んだが、伊勢彦が言う通りにしてくれたかどうかは判らない。水族館を出たあと、彼は携帯の画面を覗きこんでニヤニヤと笑っていたので、消していない可能性が高い、とアキは睨んでいる。

ともかく、とても楽しかった。

「ちんあなごの水槽があるんだ、四角くて、おっきくてね、砂が敷いてあって、そこからにょろにょろにょろ、細くて可愛い魚が生えてて……二種類いるんだよ、黄色と白のしましまと、黒っぽい、水玉の」

以前、大福を貰ったカヨさんにはペンギンの形をした生菓子、松田親子にはチョコレートと小さなちんあなごのマグネット。あつみ小児科のスタッフに、水族館のロゴが入ったクッキーの大箱。

それぞれの土産は、伊勢彦と半分ずつ出資して買ってきたものだ。

「いいなー！　ちんあなご！　いいなー！　可愛い？　可愛かった？」

「うんうん、可愛かったよ。こんな、こんな感じ。ふわふわ揺れてた」

両手の指をにょろにょろと動かして説明するアキに、ヒロミチも興奮気味で、頬が赤い。

「ペンギンもいた？」

「ペンギンもいたよ！　いっぱいいいた。あとオットセイ。オットセイが頭の上を泳いでいくゾーンていうのがある。みんな、可愛かった……」

「いいなあ！　いいなあ、ママ、おれも行きたい、ちんあなごのとこ」

「えー？　あんな混んでるとこ？　うーん、今度、パパに頼んでみて」

阿吽像の看護師、須藤と佐伯は今日も威圧感たっぷりだが、それでも配布されたラングドシャクッキーを無言のままさくさくと食べ終えたのち、二人同時にアキを見てこくり、と頷いてくれた。喜んで貰えたのだろうか。よかった、と安堵するアキの腕を取り、火傷の様子を診ていた伊勢彦が「うん、もう大分いいな」と言う。

「かなり治ってきてる。もう痛みもないいんじゃないか？」

「うん。大丈夫」

赤みは引き、ぺろりと剥けてしまった皮も元通りになりかけていて、このままならあと一週間も経たずに完治しそうだ。

「おまえ、結局自分の分の土産は買わなかったのか」

「うん……」

ちんあなごとペンギンのぬいぐるみを棚から取って抱いては戻し、また取って抱いては戻しを繰り返していたアキだったが、結局自分用にはなにも買わず、ショップをあとにしたのだった。

「俺はね、その、自分の目で見たから。それ、いつでも思い出せるし……それに俺、どこかに出かけて、友だちみんなにお土産買ってきて配るっていうの、前からやってみたかったんだよね。いままで、渡す相手、いなかったから……」

もちろんそれも本当だが、実際のところはあまり持ち合わせに余裕がなかった、というのも原因だ。伊勢彦が「そうか」と呟きながら手際よく薬を塗り、診察を終えたので、アキはポケットから小さな紙袋を取り出す。

「伊勢くん！　あの、これは、伊勢くんに」

手渡せば、彼はすみだ水族館、と書かれたそれに軽く目を見開いた。

「……え？　なんだおまえ、俺にまで土産買ったのか」

「う、うん。連れてって貰った、お礼です」

「気にすんなよ、そんなの……」

袋の中身は、ちんあなごのストラップだ。にょろりとしたフォルムと、黄色と白の縞模様が可愛かったので、携帯電話につけてくれるかな、と考えてこれを選んだ。一緒に出かけた記念だ。伊勢彦に持っていて欲しかった。他のみんなに配ったのはただのお土産だが、これは水族館へ連れていって貰ったことだけでなく、いままでの彼の親切に対するお礼でもあり、アキからの、初めてのプレゼントでもある。

「つ、つけて、くれる？」

「当たり前だろ」

ありがとな、大事にすると言った伊勢彦は困ったような怒ったような顔で「知ってたら、俺もなんか買ったのに」と呟いた。

「気にしないで、あの、俺が……買ってあげたかったの。伊勢くんに」

「……そうか」

「う、うん。……じゃ、またね！　診察ありがとう」

「おう、またな」

アキは、ぺこりと頭を下げて診察室を出た。

土日の休診日を挟んだ週の頭、午前中の待合室には、検診に来たらしい親子や、急に熱の出た子供を連れた母親が何人か座っている。さほど広くもないスペースはぎゅうぎゅうで、アキはトイレに立った人に道を譲ろう、と壁際に寄った。

「……あー、あ、あ」

するとと長椅子の、母親の膝の上でぐずっていた男の子が、アキの持っていた袋に手を伸ばす。すみだ水族館のショップの、白地に魚の泳いでいる姿がデザインされたビニール製で、土産ものを入れてきただけなので、いまは空だ。

「これ、欲しいの？　なにも入ってないけどいい？」

「す、すみません」

いえいえ、と首を振ってしゃがみ、男の子を見上げて「ハイ、あげる」と袋を手渡す。きゃきゃっ、と機嫌をよくした子供の頭を撫でていると、隣に座った別の母親が「あなたも診察？」と尋ねてきた。

「あ、うん、俺は、その……近所に住んでるんだけど、腕、火傷しちゃって。特別に診て貰ったんだ」

「ああ、そうなの。伊勢彦先生、面倒見がいいものねえ」

「そうよね、土日でも、急患だと往診もしてくださるし」

「あら、おたくも？　うちもねえ、こないだ上の子がいきなりおたふく風邪になっちゃって。旦那もお義母さんもいなかったからもう、どうしたらいいか判らなくて……でも伊勢彦先生が来てくださって、すごく助かったわ」

「本当にいい先生よね。医者としての腕ももちろんだけど、病気以外の育児の相談でも、親身になって聞いてくれるし。ここの評判聞きつけて、隣町からわざわざくる親御さんもいるのよ」

「へえ……」

伊勢彦は人気があるようだ。彼が褒められているのは、とても嬉しい。アキはにこにことしながら脱いで持っていたパーカーを着こみ、待合室の傘立てに置いてあった日傘をさして外へ出る。

「アキくん、バイバイ」

「バイバイ！」

伊勢彦は、医院のスタッフにはアキのことを「紫外線アレルギー」と説明してくれたらしい。真夏に長袖長ズボン、日傘姿のアキのことを不審な目つきで見るでもなく、笑顔で手を振ってくれるのが嬉しかった。

伊勢彦は今日、きっと忙しいから、アパートには来られない。なにか悪い病気なのでは、という疑惑も晴れたいま、そうそうアキのことを気にかけてもいられないだろう。だけど、アキは平気だった。

水族館で興奮の一日を過ごした日曜、ショッピングモールで人に酔い、暗くなってから伊勢彦の夕食につき合って、ラーメン屋に寄って帰ってきた。店にはもちろんいちご牛乳はなかったけれど、代わりにカウンターでメロンソーダを飲み、彼と色々な話をした。

「伊勢くんはさ、その、結婚はしないの？」

「ん？　なんだよ、いきなり」

「前に、カヨさんが……」

見合いの話をいくつも持ち込んだのに、と言っていたのを思い出したのだ。あのとき、伊勢彦がどう思っているのかはよく判らなかったから、気になっていた。するつもりがないのか、それともどこかに好きな人がいて、その人となにか、結婚できないようなわけがあるのか。

「そっちの人じゃないのに、どうして？　……あのね、そっちの人って、ゲイの人っていう意味なんでしょ？　それで、たぶん伊勢くんは、違うんだよね？　なのに、どうしてお嫁さん、いらないの？」

「あー、いや、うーん……。別にいらないってわけじゃねえよ。だけどいまは、小児科の医者やってくので精一杯だな」

恋愛してる時間があったらもっと勉強しないとって思うこともたくさんあるしな、と伊勢彦は言う。

「それに、うちは両親が超のつく恋愛結婚だったから。俺も子供の頃からそういうの、見てきて……なんつーか、俺にもいつか、そういう相手が現れるんじゃねえかとか、考えちまうんだよ。ハードルが上がったって前、言ったろ」

「ああ、そういう……」

つまりいまのところ、結婚したいと思うような相手はいないらしい。それを聞いて、なんだかホッとした。少なくともしばらくは、彼が誰か一人の――つまりアキ以外のものになってしまうことはなさそうだ。

「いい年こいてなに夢みたいなこと言ってんだって、笑っていいぞ」

自嘲気味の台詞に、アキはぶんぶんと首を振った。とんでもない。むしろこのままの方が、自分みたいな存在にも構って貰えて、嬉しい。

「それよりおまえ、前に猫の名前の話したとき、廻船問屋がどうのって言ってたろ。あれ、本当の話だったんだな」

俺はまた時代劇にでもハマってんのかと思ってちょっと面白かったんだけどさ、と伊勢彦が言う。

「船来とか言うし」

「やっぱり俺の言葉遣い、変だった？」

「いや、でも間違ってはねえよ」

貧しい山村で生まれ、十代の頃に奉公へ出された先で吸血鬼に襲われてこうなった、それ以来放浪の身であるという経緯を話したところ、彼は「おまえも苦労したんだな」と複雑な表情で肩を叩いてくれた。

「で、本当に一度も血を吸ったことないのか？」

「うん……あの、あのね……」

「あるのかよ！」

驚いた顔をする伊勢彦に、アキは慌てて「あっ違う、人間のじゃないよ」と首を振る。

「じゃ、なんの」

「うん……えっと……嫌わないでね？　俺もう、ほんとにお腹空いてて、いちご牛乳とか見つけるもっと前のことで、もうダメだって思って、そのとき山の中にいたんだけど、通りすがりの、たぬきの……」

「たぬき!?　人間じゃなくて？　あの動物のたぬき？」

「うん……」

ちなみにそのとき、そもそも血が出るほど噛むということが難しく、死ぬ気で顎に力を入れた瞬間、少々の血は舐めることができたものの、それ以上に口の中が毛だらけになり、おまけに激怒したたぬきから逆襲を受けてぼろぼろになるという悲惨な目に遭った。

顔中に引っかき傷と噛みつかれた傷跡をつけ、泣きながら山の中をさまよい歩いたアキはその挙句、猟師が仕掛けたと思しきたぬき用の罠に足を挟まれ、さらに怪我をする羽目になったのだった。

獲物がかかっているのを期待した猟師が様子を見に来てくれなかったら、どうなっていたことか。

「俺ね、こっち側の足首に、まだその跡があるよ。傷はすぐ治ったけど、跡は残っちゃって……それに血なんて、全然、美味しくなかったし」

「……っ、……っ」

「……伊勢くん？」

泣いてるの、と覗き込んだ隣の席の伊勢彦は、たしかに涙を浮かべてはいたが、単に声を殺して爆笑していただけだった。

「ひ、ひどい」

「わる……っ」

悪かった、と謝るその声はまだ笑いの余韻《よいん》で震えている。

「おまえ、一生懸命、生きてきたんだな。……バカだけど」

「いまバカって言った？」

「いやあ、気のせいだろ」

そうこうしているうちに伊勢彦のラーメンがやってきて、アキはスープだけを少し分けて貰ったが、やはり味はしなかった。

「匂いは？」

「匂いは判るよ。でも味はしない」

しばらく伊勢彦の邪魔をしないように、と黙ってメロンソーダを飲んでいたアキは、彼がラーメンをあらかた食べてしまったのを確認して、よし、と勇気を出した。次の約束をするためだ。

「伊勢くん」

「ん？」

「あの、次はどうする？」

「……次？　次って？」

「えっと、次の日曜……」

「来週も出かけるつもりか」

あっ、やっぱりダメかな、そんなにしょっちゅう誘うのはおかしいかな、断られてしまうのかなと不安になり、「だめ……？」と首を傾げたアキから、伊勢彦は視線を逸らした。

「……いや」

別にだめじゃないけど、と言ってラーメン丼を持ち上げ、麺や具を食べ終えたあとのスープをごくごくと飲み干す。そうして空になった丼をとん、とカウンターへ置いた。できたてを供されてから、およそ五分。相変わらず食べるのが早い。

「よし、こうなったら、おまえの行きたい場所にとことんつき合ってやる。俺もどのみち、土日に大した予定もないしな」

「あ、ありがとう！　それ、それってさ……あの、と、と……友達だから？」

　勝手に照れたアキがメロンソーダのグラスを前にもじもじと両手をいじり、横目がつ上目遣いでチラチラと伊勢彦を見ながら尋ねると、伊勢彦はひょい、と片眉を上げたあと口角を歪めるように苦笑して、「……そうだな」と答えた。

「友達だからな」

「でへへ」

　いまおまえでへへっつったぞ、とつられて笑った伊勢彦が手を伸ばし、アキの前髪のあたりをさらりと掠める。叩かないようにという配慮なのかなんなのかよく判らないが、伊勢くんに触られた、とアキはますます嬉しくなってしまった。

「やめろ、その笑い方」

　変だよおまえ、それと言われ、さらに嬉しいのだから自分はやはり変なのだろう、と他人事のように思う。悪い気分ではなかった。

「うへ、へ……」

「やめろって、ハハ、なんなんだよ、だから」

　カウンターの中で働く店員が、ケタケタと笑い合う二人を、なにがそんなに面白いのだろうという顔で見る。

「じゃあ行きたい場所、考えておいてくれよ」

「うん！　判った！」


二人は約束通り、次の日曜も待ち合わせをした。

場所は住吉町駅の地下改札前で、幸運にも朝から曇っていたので、アキは帽子と長袖のみを身につけ、日傘を持参せずに済んだ。

午後一時の待ち合わせだったが十分前には到着していたアキは、帽子の下からそわそわと行き交う人を眺め、伊勢彦を待つ。やがて一時になり、シャツ、ジーンズにサンダル履きの伊勢彦がやってきた。

「伊勢くん！　おはよう！」

「よう。おはようさん」

すでに午後だが、カメリアでは夕方でも挨拶は「おはよう」である、と伊勢彦に話したところ、彼も面白がって真似してくれるようになった。

「どこ行くか決めたか？」

「うん！　あのね、上野公園！」

「上野公園？　そんな近場でいいのか？　まあスカイツリーもそこそこ近かったけど」

おまえ職場も上野なんだから行き慣れてるだろ、と言う伊勢彦に、「でも俺、公園の中はちゃんと歩いたことないんだ」と答えた。

「カメリアのお客さんに教えて貰ったんだけど、いまの時期は、蓮《はす》の花が綺麗なんだって。伊勢くん見たことある？　池いっぱいにね、こーんな、おっきなピンクの花がたっくさん咲いてるんだよ」

　両手を揃え、お椀のかたちにしたアキが目を輝かせると、伊勢彦は「ああ、もうそんな季節か」と呟いた。

「昔、一度だけお袋と見に行ったことがある。買い物かなんかのついでで……たしかに綺麗だったような気がするな」

　二人は、地下鉄に乗って上野に向かった。

「広いねえ。地図とかないのかな」

「案内板がある」

　上野公園の中にある不忍池《しのばずのいけ》は、堤《つつみ》で蓮池、ボート池、鵜《う》の池の三つのエリアに分けられており、中央には弁天堂が配置されている。アキが想像していたよりもずっと大きく、ぐるりと周囲を歩くだけでも時間がかかりそうだ。

「伊勢くん！　あっち！　あっちに花が見える」

「おー」

蓮池の蓮はまさに見頃で、水面いっぱいに緑の葉と茎、そしてピンク色の花がひしめいていた。

「わあああ、す、すごい」

曇っていて風はほとんどなく、じわりとした暑さのある今日、なんとなく淀んだような空気の中でも、蓮の花は清廉《せいれん》な美しさで咲き誇っている。池の周りの遊歩道には何人もの人が歩いていたが、アキはしばらくのあいだ一箇所に立ち止まって、その圧巻の光景を眺めていた。

「ほあ……」

隣に立った伊勢彦が「綺麗だな」と言うのにこくこくと頷くと、「口開いてるぞ」と注意される。

「おっきいねえ……葉っぱが……あれ、傘になりそう」

「取ってきてやろうか？」

「今日は曇ってるから大丈夫だよ」

ありがとう、と答えるアキの後ろを、親子連れが通りすぎていく。綺麗だねえ、綺麗だねえと叫ぶ子供に向かって、母親は「そうね」と少し疲れた様子だ。

「お天気がよければ、もっと綺麗だったんだけどねえ」

そうかもしれない。

太陽の光の下の方が、なにもかもが色鮮やかに見えることはアキも知っていた。

だけど、今日は隣に伊勢彦がいる。自分の目には晴天に一人で見るよりも、曇り空の下、こうして彼と並んで眺めるこの景色の方がずっと綺麗に違いない、と思えた。

「判ってねえな、あの母ちゃん」

ジーンズの尻ポケットに両手を突っ込んだ伊勢彦が小声で言う。

「炎天下じゃ、花もへたれるに決まってるだろ。なあ？」

「……うん」

アキはその横顔を見上げ、伊勢彦と目を合わせて笑った。

伊勢くんは、俺のおひさまみたい。一緒にいると胸も頬も温かくなって、幸せな気分になれる。

じっと立ち尽くしていると、不意に風が吹いて、蓮の花と葉が一斉に揺れる。

ざわざわというその音も、むっとするような濃い水や植物の匂いも、遠くから聞こえてくるクラクションの音も忘れたくなくて、アキは必死で目を凝らし、景色とそのすべてを記憶に焼きつけようとした。

「ガキの頃、お袋の作ってくれるれんこんのはさみ揚げが、好物で」

「えっ？」

唐突に打ち明けられた昔話に顔を上げる。伊勢彦はやけに真面目《まじめ》な顔をして蓮池を眺めつつ、続けた。

「ここを歩いてるときに、あんたの大好きなれんこんは蓮の根っこだから、この泥の下にいっぱいあるのよって教えられてな。じゃ、掘って持って帰ったら食べ放題じゃねえかって思って……」

「え、掘ったの？」

「いや、悩んだけど、泳げなかったから諦めた」

なるほどそれは仕方ないねえ、とアキはくすくす笑う。小さな伊勢彦が池のほとりで、水面を睨みつけている様子が目に浮かぶようだ。

「せっかくだから別の角度からも見てやれよ」

「うん！」

ようやく歩き出した二人は池を半周し、ボート池の前にたどり着く。水際の乗り場前には、さまざまな形をしたボートが何台も浮かべられていた。オールで漕ぐオーソドックスなものから、ペダルとハンドルのついたものまである。

「伊勢くん、鳥だ！　鳥のかたちしたのがあるよ」

「あー、スワンボートな。ありゃ白鳥だ。おまえ、まさか乗りたいの？」

「乗りたい」

即答したアキにうーん、と顔をしかめて腕を組んだ伊勢彦だったが、やがて「よし判った、じゃあ、乗るか」と言ってくれた。

「いいの！」

「おう。いまさら恥ずかしがるような歳でもないしな。……もうここまで来たら、満喫してやる。どれでも好きなのを選べ」

目を輝かせたアキは、迷わずピンク色のスワンを指定する。

「じゃあ、あれにしよう、いちご牛乳の色！」

「はは、言うと思った」

「伊勢くん、怖い？」

「言っとくけど、泳げなかったのはガキの頃だからな。いまは泳げる」

「なんだ、そっか。俺は泳げない。……たぶん」

「たぶん？」

「うん。試したことないけど、ダメだと思う」

「ほーう？」

その反応に少しびくびくしながら乗り込み、ハンドルを任せられたアキは、二人で片足ずつ漕ぐことで進むボートで、池の中心まで来た。

「わー、うわー、すごい、すごい、動いてる！」

「明日、片足だけ筋肉痛になりそうだな……」

水面を移動する楽しさに、自分が泳げないことなどすぐに忘れてしまう。

池の中ほどは遊歩道よりもやや涼しく、過ごしやすい。はしゃぐアキは、数メートルの距離ですれ違う別のボートのカップルに手を振られ、笑顔で「こんにちは！」と大きく手を振り返した。

「わ、揺れる……」

「落ちるなよ」

他のボートが立てる波に、スワンが揺れる。ペダルから足を離し、ゆらゆらと漂っているだけでも気持ちがよかった。

「はー。楽しいねえ……」

「そりゃよかった」

「これ……」

やっぱり晴れてたらもっと、と言いかけたアキの視界が、にわかに明るくなった。

「あ」

「お」

雲の切れ間から太陽が顔を出し、光が差し込んだのだ。ぱあっと彩度の上がっていく周囲、きらめく水面。たくさんの光がボートの周囲に散らばって、瞬きをするごとに表情を変えていく。

すごい、俺いま、キラキラの真ん中にいる。

思わず息を呑んで見つめるそのタイミングを待っていたかのように、吹いてきた風が、池の縁に並んだ柳の枝を揺らした。言葉もなくその光景に見惚れていたアキの肩を、伊勢彦が引き寄せた。

「はみ出すと火傷するぞ」

「あ、あ、ありがと……」

たしかに中央へ寄っていた方が、スワンの背中部分にあたる屋根で日差しは防げる。伊勢彦の気遣いに感謝しつつ、ぐっと近づいてしまった距離にどぎまぎと視線をさまよわせたアキは、とあることに気づいてハッとした。

「伊勢くん！」

「なんだよ」

「これ……これ、あの、デートみたいだね！」

「………」

伊勢彦はなにも答えなかった。

呆れられてしまったのだろうか。バカなことを言ってしまった、と後悔したアキの鼻先を、不意に甘い匂いが掠めた。

――あ、これ。

いつか、玄関で抱きとめられたときに鼻腔をくすぐったのと同じ匂いだ。大好きないちご牛乳にそっくりな、あの。認識した途端、ごくりと喉が鳴ってしまう。

「………っ、」

気のせい。気のせいだ、こんなの。飲みたい、なんて。

「どうした?」

「えっ? あ、な、なんでもない。ごめんね、俺……太陽が隠れるまでハンドル握れないから、伊勢くん、お願いします」

「ああ、そうだな」

伊勢彦に身体を寄せたまま、アキは両手を座った尻の下に隠した。こうしておけば、あとは長袖に帽子も被っているから、多少の光ならなんとかなる。

晴れ間はほんの一時で、ボートの貸し出し時間が終わる前にはまた太陽が雲に隠れ、曇天へと戻った。

不忍池を離れた二人は若葉の生い茂った桜並木を抜け、噴水前の広場で大道芸を見物したり、動物園でパンダやゾウやライオンを見たりした。ここにもペンギンのゾーンがあり、アキはまたその可愛さにめろめろになった。

「伊勢くん、みんなに、お土産……」

「いいって。こないだ買ったろ」

「そ、そう?」

「話をしてやれば十分」

「そうかなあ」

そういうもんだ、と諭されてパンダせんべいの大箱を諦め、ベンチで一休みすることにした。

動物園を出てすぐ、子供遊園地のそばにはサンワ乳業のパックジュースを揃えた自動販売機があり、アキは大喜びでいちご牛乳を買う。伊勢彦も売店でコーヒーを買ってきて、二人はしばらく並んで座り、子供たちが歓声を上げるのを見ていた。

遊園地の中心に据えられたメリーゴーラウンドの電子音が、アキの知らない音楽を何度も、何度も繰り返し奏でる。

それを聴いているうちに眠くなってしまい、うとうとと目蓋を閉じたアキは、しばらく伊勢彦の肩を借りてしまったようだ。ハッとして目が覚めると、彼も気づいたようで「おはようさん」と笑いをこらえた声で言われ、「ごめん」と返す。

「俺、寝てた……」

「そうだな」

「頭、重くなかった？　起こしてくれてよかったのに」

「いやあ、重くなかったな、残念ながら」

「残念？　……あっ」

バカにされたのだと気づいたアキがどす、とその肩に頭突きをかますと、伊勢彦はハハ、と笑って、謝罪のつもりか、頭を撫でてくれた。

「アキ」

その声がなんだかひどく優しくて、どきりとする。

「な、なに？」

「これ、やるよ」

彼がずい、と差し出したのは小さな紙袋だった。すみだ水族館、という文字が入っているそれに、アキは目を見開く。

「え、あれ？　どうして？」

尋ねれば、彼は微妙にこちらから目を逸らし、「あー」とぶっきらぼうな声を出した。

「こないだ、たまたま向こうへ行く用事があって、それで。前、おまえに貰ったストラップが子供に受けがよくてな。ヘビだって勘違いしてるやつもいたけど」

ぺり、とテープを剥がして開封すると、中には以前、アキが伊勢彦に土産として買ったちんあなごと、模様違いのストラップが入っていた。白地に、紺色の水玉だ。まん丸の目が可愛らしく、アキは同じように丸い目で、それを顔の前へ掲げた。

「…………！」

「携帯は持ってないだろうけど、おまえパスケース持ってたろ。つけられるんじゃねえかと思って、それにした。ぬいぐるみの方がよかったか？」

「お、お、俺……」

すごく嬉しい、と思わずぎこちない話し方になってしまう。まさか伊勢彦が、こんなものをくれるなんて予想もしていなかったからだ。彼の言う通り「たまたま向こうへ行く用事」があったのだとしても、その際にアキのことを思い出して、その上でこれを選んで来てくれたのだと思うと、信じられないほど嬉しかった。

「ど、どうしよう、伊勢くん、う、嬉しい！　ぬいぐるみより、こっちの方がいいよ。いつも、持ち歩けるし」

「そうか」

そりゃよかったな、と少々照れ臭そうな伊勢彦の隣でさっそくパスケースを取り出し、ストラップをつけようとする。だが通すための紐《ひも》が思ったよりも細く、上手くいかない、もたついていると、伊勢彦が手を差し出す。

「貸してみろ」

アキはその手へパスケースとストラップを載せた。存外に器用な手つきで紐を通され、ほら、と返されたそれを、アキはぎゅっと抱き締める。

「お、俺……ありがとう、ありがとう。大事にするね」

「落とすなよ」

「うん、うん」

そろそろ夕暮れに近づいて、駅に向かって帰り始める人の姿が目立つ。曇っているせいで、暗くなるのも早いのだ。できることならこのまま伊勢彦といたいのに、太陽はあっという間に沈んでしまう。

「また来ようぜ」

「えっ」

唐突に言われて顔を上げると、伊勢彦はアキの方は見ていなかった。彼はゆっくりと移動していく人々に視線をやりながら、「連れてきてやるよ」と言う。

「蓮の季節じゃなくても、ここは桜も、紅葉も綺麗だからな。博物館も、美術館もあるし。大道芸やってたり、音楽やってたりしてることもある」

「う、うん」

本当に？　連れてきてくれるの？　一緒に来てくれるの？　という喜びで胸がいっぱいになってしまい、アキはろくな返事ができなかった。だが表情には、どうやら嬉しさが出ていたようだ。ちらりと横目でこちらを見た伊勢彦が「おまえ、目がまん丸だぞ」と言って少し笑った。

「さて、帰るか、そろそろ」

立ち上がった伊勢彦はさりげなくアキの手から空のパックを取り、自分の紙コップと一緒にゴミ箱へ放る。すとん、すとんと綺麗な弧を描いてシュートされるそれを見て、手を繋ぎたいな、と唐突に思った。

自分から、繋ぎたい、と言ったらどうなるのか、とも。

いつか捻挫をしたとき、丁寧に処置してくれた手の、温かさを思い出す。伊勢彦の半歩後ろを歩きながら、アキはじっと黙ったまま、彼の大きな手を眺めていた。

帰り道、半日歩き通しで疲れ果てたアキを帰りの地下鉄で座らせて、伊勢彦はその前に立ち、つり革を握った。車内はさほど混み合っておらず、隣も空いているのに、なぜだろうか。

「座らないの?」

見上げると、彼は小さく肩をすくめて見せた。

「俺はいいんだ」

「一駅だから?」

「じゃなくて……いつも、最初っから座らないことにしてる。混んできたときにいちいち立って譲るの、面倒だろ。俺は足腰、まだしっかりしてるしな。じじいになったら存分に座ってやるけどさ」

おまえみたいに、と年齢のことをからかわれ、アキは「ひどい」と笑う。けれど伊勢彦の、そういうところがとてもいいな、と思った。

アキを助け、怪我の手当をしてくれたときと同じだ。彼は誰かに親切にするとき、大袈裟でも押しつけがましくもなく、あくまで自然に「自分がそうしたいから」という態度でいる。だから受け取る方も、ありがたいな、嬉しいなという気持ちはあれど、申し訳ない、という気持ちは少なくて済むのだ。

「次はー、住吉町、住吉町です」

あっという間に電車は駅のホームへ到着して、二人は駅から三丁目までの道のりをぶらぶらと歩いた。

「………」

このまま行けば、あつみ小児科医院のある通りだ。

その先にはアキのアパートがあるし、今日の予定はすべて消化してしまった。

どこかで伊勢彦の夕食につき合うという手もあったが、前回、水族館帰りのラーメン屋での注文の際、メロンソーダだけを頼んだアキは「それだけ？」と店員に訊かれてしまい、少し気まずい思いをしたのである。

一緒にいたいけれど、引き止める口実がない。

アパートへ誘おうにも部屋にはテレビも雑誌もゲームもなく、あるものといえば中古のちゃぶ台、座布団、冷蔵庫の中にいちご牛乳という質素さだ。

アキは以前、カメリアの控え室で持て余されていた人生ゲームを「アキちゃん持ってく？」と尋ねられ、「俺、持って帰っても、する友達がいないから」という悲しすぎる理由で断ったことを、いまさらながらに後悔していた。伊勢彦が人生ゲームを好きかどうかは判らないが、口実くらいにはなったはずだ。

もうちょっと散歩する？　いや、今日はもう散々歩いたもんな。コンビニ寄ってく？　いやでも、欲しいもの、特にないしな。あっそうだ、仮病を使ったら診察室に入れてくれるかな。でもすぐにバレそうだし、嫌われちゃいそう。

「…………」

ぐるぐると考えて口数が少なくなったのを、疲れていると思われたのかもしれない。伊勢彦も、あまり話しかけては来ず、沈黙している。

いよいよあつみ小児科医院の前に着いてしまい、立ち止まったアキは、半ば諦めの気持ちと共に「じゃあね」と言おうとして顔を上げた。

「いせく……」

「おまえ……」

声が被ってしまい、お互いに顔を合わせる。

「あっ、な、なに?」

「いや、おまえは?」

「え、あ、うん……あのね、伊勢くん、今日は、ありがとう……俺、楽しかった」

「あ、ああ。……うん。そうか、いや、俺も楽しかった」

「あの……また来週?」

「お、おう」

「やった!」

じゃ行きたいとこ考えておくね、と答えるアキに、伊勢彦も「ああ」と頷く。そしてそのまま、なぜかふたたび沈黙が下りた。

「……?」

ちらりと窺った伊勢彦は、肩越しに自宅を振り返ってがしがしと後頭部をかく。彼がなにを言おうとしているのか判らず、アキはただもじもじと両手を組んだり離したりしていたが、やがて視線に気づいて顔を上げた。

「……………あ、」

伊勢彦が、じっとこちらを見つめている。

あれ、なんだろ、これ。

呆れるでもなく微笑むでもなく、やけに真剣な眼差しに、ぱちぱちと瞬きをする。なにか言いたいことでもあるのだろうか。だが伊勢彦はすぐにアキから視線を逸らし、「気をつけて帰れよ」と言った。

「う、うん？」

いったいなにを言おうとしていたのか、妙に気になり、胸がどきどきする。

「おまえたまに、なんにもないところでこけたりするからな」

「うん……」

「いちご牛乳飲みすぎて、腹壊すなよ」

「そ、そんなお腹の壊し方、したこと、ないよ」

「……そうか。悪い」

じゃあまあ、おやすみ。

「あ……」

その言葉で無意識に身体が動き、踵を返そうとした伊勢彦に向かって、思わず手が伸びていた。

ぱし、と掴んだのは伊勢彦の手首で、アキはその手に力を籠める。その途端、意識を集中させてもいないのに、流れ込んできた「声」があった。いつも占いで感じている相手の心の声よりも、もっとずっと鮮明なそれ。

——クソ、可愛いな。どうすりゃいいんだろなあ。

——帰したくねえな。

——アキ。

「…………っ！」

ぶわ、と一気に体温が上がる。

丸い目をさらに見開いたアキはぱくぱくと唇を動かしたけれど、言葉はひとつも出てこなかった。

「……どうした？」

「あ……っ、あ、ううん！」

慌てて伊勢彦の手首を解放し、首を横に振る。

「なんでも、ない！　お、お、おやすみ……！」

「ああ……？」

くるりと踵を返して走り出すアキの背中を、「おーい、こけるなよ！」という忠告が追いかけてきたが、それに返事をする余裕はなかった。頬から胸、つま先まで全身が熱くて、頭の中はさっき読み取った伊勢彦の声でいっぱいだ。

決定的な一言はなかったものの、伝わってきた感情は温かく、そして少し息苦しく、アキが伊勢彦に対して感じているものとまったく同じどきどきに満ちていた。それはつまり、そういうことだろう。

「はあ、はあっ」

アパートまでの全力疾走で肺が破れそうになり、アキは玄関から中へ入ってすぐ、畳の上にへたりこんだ。呼吸が整わず、心臓はどきどきと暴れたまま落ち着かない。

「……っ、……っ」

伊勢彦の手首を掴んだ右手を口元へ持っていくと、そこにまだ例の甘い匂いがまとわりついているのが判った。

すう、とその匂いを吸い込んだ途端、また身体が熱くなる。

ボートの中で抱き寄せられて気づいてからというもの、本当はずっと、知らんぷりをしていただけなのだ。

もはや密着するまでもなく、伊勢彦の隣にいるだけで二人のあいだには甘い匂いが立ち込めていて、アキは何度振り払っても浮かんでくる不埒な考えを、頭から追い出す努力をしなくてはならなかった。

それに、い、伊勢くんが、あんなこと……あんなこと、考えてるなんて。

——帰したくねえな。

「……俺も……」

帰りたくなかった。ずっと一緒にいたかったよ。伊勢くん。そう言えたら、どんなによかったか。

「どうしよ……」

嬉しいのに、困っている。

それはアキが心の底では、伊勢彦とは、恋人同士になれるはずがないと判っているからだ。そんなものすごい、奇跡のようなことは起こりっこない。

だって自分は吸血鬼なのだ。人間に紛れ込むことはできても、一緒になど、生きていけるはずもない。

「うう……ううん……」

困った、困ったなあと呟きながら、それでもアキはいつまでも、伊勢彦の手から伝わってきた彼の感情を反芻していた。


「アキちゃんたら、あたしの知らないうちに、すっかり大人になったのねぇ……」

「えっ、なんの話？」

幸子のしみじみとした口調に、俺はただ伊勢くんから四六時中《しろくじちゅう》甘い匂いがするの、どうしたらいいだろって相談しただけなんだけど、とアキは驚く。

「だから、それよぉ」

「それって……」

「アキちゃん知らないのぉ？　吸血鬼って、愛する者の血を欲しがるモンスターだって言うじゃなぁい。つまりさぁ、好きな男の血が欲しい、ってことよねぇ。えっちだわぁ」

「…………っ！」

や、やっぱり。

があん、と後頭部を殴られたような衝撃を受け、アキは涙目になった。

あれから――上野公園へ遊びに行ってからというもの、伊勢彦からは、常にあの甘い匂いがするようになっていた。

特に、前回水族館へ行った際にポスターを目にして、気になっていたプラネタリウムに連れて行って貰った日のことだ。

人口の星空を見るために倒したシートの上、隣から漂ってくる甘い匂いに気を取られすぎて、ナレーションがさっぱり頭に入ってこず、結局プログラムが終了したあとで感想を求められて、しどろもどろになった。

伊勢彦の気持ちに気づいてしまったこともかなりの衝撃だったが、常にこちらを誘惑す

「最近、前にも増して挙動不審だよな、おまえ」

　なんかあったのか、と尋ねられても、ぶんぶんと首を横に振るしかなく、ふうん、と完全には納得していない顔の伊勢彦を前に、申し訳ない気持ちになってしまうことが何度もあった。

　それにアキには、いまも忘れられないことがある。

　遠い遠い昔、人間だった最後の夜。月明かりの夜道で、目の前に立ちはだかった黒い影はものも言わずアキに襲いかかったが、決して殴ったり蹴ったり、という乱暴はしなかった。首筋に噛みつかれたときにも痛みを感じたのは一瞬で、むしろその直後には、恍惚とした多幸感があった。

　血を吸われながら髪を、頬を優しく撫でられ、男が喉の奥で笑う音が聞こえたとき、もしかしたらこれが愛されるということなんだろうか、とさえ思ったのだ。

　あれが吸血鬼の本能なら、自分が本当に、望んでいるのは──。

「や、やっぱり……そうなのかな……」

「アキちゃん、なんでもかんでも幸子の話、真に受けなくていいのよ」

「としえさん……」

　今日は珍しく、響が休みだ。としえは涼しげな格子柄の浴衣姿だが、やはりその体格とオーラのせいで、威圧感がすごい。

あつみ医院の阿吽の看護師、須藤・佐伯コンビとはまた違った、どちらかというとこちらに迫り来るような圧迫感があった。

「ねえ、ぬりかべはさぁ、好きな相手をどうしたくなるの？」

「袋小路に追い詰めて、押し潰したくなるわ」

「わぁ……」

デンジャラスぅ、と盛り上がるやはりド派手な浴衣姿の幸子とは裏腹に、アキはぼんやりと物思いにふけっていた。

「………」

血はだめだ。絶対、吸っちゃだめ。いや、それより伊勢くん、どうして俺なんか、好きになってくれたんだろ。

先日から、アキの頭は伊勢彦とのあれこれでいっぱいなのだ。好きになって貰えて嬉しい、でもその理由がよく判らない、でも嬉しい。だけど知らないふりで、友達として振る舞わなければ。

あまり頻繁《ひんぱん》に会わない方がいいのだろうな、とも考えてはいた。

それは幸子にも指摘された通り、自分が彼を好きになったせいで、彼の血を「飲みたい」と思ってしまっているのかもしれない、という懸念《けねん》も含めてのことだ。

小上がりの隅で考え込みつつ、ワンピースの膝を抱える。

我慢できなくなったら、どうしよう。好きな相手じゃなくて、友達としておかしくない距離って、どんな感じなのかな。

「んんー……」

なにせアキにとっての伊勢彦は、この百五十年あまりで初めてできた人間の友達だ。どんな風に接するのが自然なのか、皆目判らない。

あまり自分を盛り上げてはいけないと思うものの、伊勢彦と会い、その顔を見てしまうとつい嬉しさで舞い上がり、「友達としての距離とは」などという考えは綺麗さっぱり頭から抜け落ちてしまう。

だめだなあ、俺。でも伊勢くんといると、なんかふわふわどきどきしちゃうんだよ。

自分が犬なら、伊勢彦のそばにいるあいだはきっと、始終、千切れんばかりにしっぽを振っているに違いない。

四六時中そんな調子では身体がもたないという気がするのに、それでもいいからずっと一緒にいたい、という気持ちもある。

実際にアキは伊勢彦との約束がない日でも、どうしても彼の顔が見たくなってしまうと、コウモリに変身して彼の家をこっそりと訪問していた。伊勢彦の家の二階、廊下の突き当りにある窓はいつでも少し開いていて、カーテンもない。

覗き込んでいると、タイミングがよければ自室へと引っ込む途中の伊勢彦を見ることができるのだ。

滑空していく間合いを見誤って、ばちん、と窓ガラスにぶつかってしまったことがある。そのときちょうど廊下にいた伊勢彦が振り返るのが、視界の隅に見えた。あっどうしようバレちゃう、と危惧《きぐ》したものの、この姿では自分とは認識されないだろう、とすぐに気づいた。

「……キ、キー……」

危うく落下を免《まぬが》れて桟《さん》へとよじ登ったアキが見たのは、ガラスの向こうからこちらを覗き込んでいる伊勢彦だった。

「……ピ……ッ!!」

「なんだ、コウモリか」

大丈夫かおまえいま激突したろ、と話しかけてくる声に、勿論《もちろん》なにも答えられない。自分がいま人間の姿だったら全身真っ赤になっていたに違いない、とアキは思った。コウモリの姿でよかった。

「ちっせえな。コウモリって、こんなに小さいんだったか……」

「キー……?」

窓枠にぶら下がり、少しだけ開いた窓の隙間から顔を覗かせているアキの頭を、伊勢彦

の指がそろりと撫でる。

「おー……逃げねえな……馴れてんのか？」

「……キ、キ……」

「はは」

かーわいいなおまえ、と笑う顔にくらりと目眩を感じ、アキはまた落下しそうになった。

――す、好き。

「どっかで飼われてるのかおまえ？　迷子じゃないよな？」

「……キー」

「この辺は猫が多いから、狩られないように気をつけろよ」

「キー」

成立しているのかしていないのか判らない会話のあと、伊勢彦は寝室へ引っ込んでいってしまった。ぱちんと照明が消えて暗くなった家の中を、アキはしばらく逆さ吊りの姿勢で眺めていた。

「そういえばアキちゃん、今夜の花火大会は伊勢くんと行くのよね？」

「あ、えっ、あ、うん」

としえの問いかけで我に返り、アキは慌てて頷く。

そう、今日は毎年恒例、隅田川花火大会が催される日なのだ。響はいま狙っている相手と約束を取りつけたらしく早くから出かけているし、幸子やとしえも他の知り合いが川岸に席を取ってくれて宴会の予定ということで、花火が始まる六時前にはここを出て会場に向かう、と言っていた。

「あぁん、いいわねぇ、好きな相手と見る花火……！　ロマンチックが止まらなぁい」

自分のことのように悶《もだ》える幸子に「そんなんじゃないよ」と笑ってみせる。

「友達なんだから、別にロマンチックなことは……」

「なに言ってんのよぉ、アキちゃん！　大輪の花咲く夜空、見上げる二人の距離が次第に近づいて……いつのまにか触れ合う肩！　恥じらって離れようとするのを引き止める腕！　そして二人はついに……っ！　あぁーっ！」

「わ、わあ……」

「幸子うるさい」

虚空《こくう》に向かって唇を尖らせている幸子に構わず、としえは淡々と帰り支度を始めた。

「じゃあ、お疲れさまぁ！　アキちゃん、グッドラック！」

「お疲れさま」

「お、お疲れさま……」

やがて五時を過ぎ、下駄の音も高らかに幸子ととしえが連れ立ってカメリアビルを出ていく。手を振ったアキもビルを出て、電車に乗った。

到着したのはいつも通り住吉町の駅だったが、アパートには向かわず、町内唯一の漫画喫茶に入り、マンガや雑誌を読み、ヘッドホンで音楽を聞いて時間を潰した。

二時間が経過してふたたび外へ出ると、花火大会は終わったようで、ヘッドホンをつけていてもかすかに聞こえてくる地響きのようなあの破裂音は聞こえなくなっていた。

なんとなくホッとした気分で夜空を見上げ、ため息をつく。

実は伊勢彦から、ご近所の顔なじみと医院のスタッフで場所を取って観覧するからおまえも来いよと誘われたとき、アキは咄嗟に「ありがとう、でもカメリアの仲間と行く約束をしてるから」と断っていたのだ。

としえや幸子、それに伊勢彦にまで嘘をつくのは気が重かったが、仕方がない。

花火が怖いから行かないと正直に言い、楽しみにしている人たちの気分を盛り下げるよりはいいと思ったからだ。

唯一そのことを打ち明けた響も「そうね、そういう事情があるんじゃ、仕方がないわね」と言ってくれた。

「としえさんも幸子さんも、浴衣、綺麗だったなあ……響さんはどんなの着たんだろ」

きっと会場には、同じように浴衣で着飾った女の子たちがたくさんいたことだろう。もしかしたら、伊勢彦たちの席にも。

アキには女装願望はないが、それでもなんだかいいなあ、と思ってしまうのは、きっと想像上の彼女らが、伊勢彦の隣にいてもおかしくないからだろう。もし自分が、吸血鬼でなかったら。男じゃなく、女だったら。

「……やめ、やめ」

叶いっこないことばっかり考えるのやめよ、と首を振ったとき、背後から「アキ?」と声がかかった。

「え?」

振り向くと、そこに立っていたのは伊勢彦だった。

「伊勢くん！　あっ、な……なんで?」

一瞬喜んでしまったあとで、まずい、と気づいたアキに見えるように往診バッグを掲げ、サンダル、ジーンズに白衣を羽織った伊勢彦は「仕事」と答えた。

「急に熱出た子供がいて、呼ばれたんだよ。あれ、おまえ、花火は?」

「え、い、いや、い……い、行ってきたよ?」

「目が泳いでるぞ」

それに持ってるそれ、そこの漫画喫茶のカードだろと指摘され、アキは「あっ」と思わず声を上げた。慌ててポケットへ押し込もうとしても、遅い。

「……アキ?」

「あ、あう……」

目の前までやってきた伊勢彦の目を見られず、俯いたアキに、彼は「行かなかったのか」と尋ねた。

「うん……」

「なんで」

「あの……えっと……」

言いづらい。しかし咄嗟の嘘も思いつかず、もじもじと俯いたまま手に持っていたカードをいじっていると、彼は少し心配したように「なんかあったのか？　まさか、こないだの薬売りとかいうやつが、また……」と覗き込んでくる。

「ち、違うよ！　薬売りは全然、関係ない——」

「そうか、よかった。じゃ、なんで」

「う……」

観念して、アキは説明することにした。花火大会は終わったのだし、もうここまでくれば、気分を盛り下げるだのなんだのは関係ないだろう。

「あのね、俺、花火のおっきい音とか、苦手で。……思い出すんだよね、昔、その、東京にも、あの……戦争のときに、空襲があったでしょ？」

「……空襲」

「俺あのとき、なにが起きてるのか全然、判らなくて、とにかく怖くて……逃げ回るしかなかったの。だから」

震え、怯えて、泣きながら見上げた空が真っ赤に染まっていたあの光景を、アキはいまも覚えている。だから毎年、花火大会のある日にはなるべく家から出ずに、もしくは今日のように音が聞こえないようにして過ごしていたのだった。

そう打ち明けると、伊勢彦は痛ましいことを聞いた、という表情を浮かべた。

「……そうだったのか。そうか、おまえ、俺より全然、長いこと生きてるんだもんな」

「嘘ついて、ごめんね」

「いや……別に、っていうか、言えよ。水臭い」

「うん、でも」

みんな、伊勢くんたちも楽しみにしてたみたいだったし、とアキは手の中のカードをぺこぺこと鳴らす。その様子を見ていた伊勢彦は短く息を吐いて、「まあいいや。で、帰るのか」と話題を変えてくれた。ホッとしたアキが頷くのを見て、彼も頷き、「じゃ、一緒に行こうぜ」と言う。

「う、うん」

偶然こうして会えたのは嬉しいのだが、嘘がバレてしまったのは少し、恥ずかしい。

複雑な気持ちのまま、なんとなく無言で歩いていた二人だったが、皓々《こうこう》と明るいコンビニの前を通りかかったとき、アキはふと、自宅の冷蔵庫のいちご牛乳がなくなっていたことを思い出した。

「伊勢くん、俺、買い物してく」

「ん？　ああ」

なぜか店内までついてきた伊勢彦は、アキが飲料コーナーで目的のものをカゴに入れているあいだ、別のなにかを見つけたらしい。「おい、アキ」と言いながら近づいてきた彼は、アイスを携えていた。

「これ、おまえの好きなやつだろ、サンワ乳業。夏季限定、いちご牛乳バーだってよ」

「わあ……！　そんなのあるの」

「食うだろ？」

途端に目を輝かせたアキの手からカゴを取り、アイスを二つ放り込む。そのままレジに並び、レジ脇に設置された特売の棚から手持ち花火のバラエティパックに目を止めた彼は、隣に立つアキにそれを見せた。

「これは？　こういうのも怖いのか」

「これ、おっきい音する？」

「いや」

「じゃあたぶん、大丈夫」

「よし」

いいよいいよと言ったのだが、伊勢彦はカゴの中のもの全額を自分の財布から出し、ビニール袋を受け取って、「行くぞ」と笑顔を見せた。

「早くしないとアイスが溶ける」

すたすたと歩くのについていくと、彼はあつみ小児科の前を通り過ぎて、そのままアキのアパートまでやってきた。アスファルトの上に白と黒、ブロック塀の上には茶トラの見慣れた猫たちが、出迎えるように座って、なあああ、と鳴く。

「お、こいつらか？　なんだっけ、べっちん……」

「この子がべっちん、この子がびろうど、で、上にいるのがコールテン。ただいま！　みんな、伊勢くんだよ。よろしくね」

紹介を受けた伊勢彦が屈み、びろうどを撫でる。撫でられた側は抵抗せず、気持ちよさそうに目を細めた。

「よう、よろしくな」

挨拶を終えたあと、アキは部屋へ入り、ひとまず買ってきたアイスを冷凍庫へ突っ込む。そのあいだ、アパート敷地内にある水場からバケツを借りてきた伊勢彦は庭側の窓を開けて座り、地面に水を入れたバケツを置いた。

「あ、それ、縁側みたい」

「おまえも座れよ、花火やるぞ」

「俺も？　いいの？」

「当たり前だろ」

そう言って笑う伊勢彦から、何種類かの花火を受け取る。付属していたろうそくにマッチで火をつけて、二人きりの花火大会が始まった。

「伊勢くん！　これ、綺麗！　うわー、すごいね、色が変わるよ！」

「おー、本当だな」

大きな音が出るでもなく、空が染まるでもない手持ち花火は、アキにも十分、楽しむことができた。

火花が噴き出しているあいだに色が何度か変わる変色花火、一色のススキ花火、ばちばちとまとまった火花を散らすスパーク花火など、さまざまなバリエーションがある。持ち手がピストルの形に切り抜かれたものなどもあり、アキと伊勢彦はそれを巡ってじゃんけんをした。

「あっ、くそ」

「やったー！」

勝った、とパーの手を突き上げて喜ぶアキはその花火に火をつけて、フラッシュのように明るく弾ける火花の美しさをニコニコと眺めた。

「全部終わっちゃった？」

「あとは線香花火」

やったことあるか？　と訊かれて首を振る。火の玉を落としてしまうと最後のスパークが見られないとのことで、アキは慎重な面持ちで一本受け取り、ろうそくに翳《かざ》して火をつけた。

「いい調子だな、それ」

「…………」

「息は止めなくていいんじゃねえか？」

「で……でも……」
ジ、ジジ、と小さな音がして、赤い雫《しずく》のような形の玉が揺れる。やがて火薬の匂いとともに、パセリの葉のような火花がパシッ、パシッ、と散りだした。
「わ、綺麗」

「ああ」

最初はまばらだった火花は次第に連続して出るようになり、アキの手元も、伊勢彦の手元も明るくなる。気がつけば窓際に腰掛け、前のめりになった体勢で、お互いの肩が触れ合っていた。

――……いつのまにか触れ合う肩！　恥じらって離れようとするのを引き止める腕！

そして二人はついに……っ！

「…………」

唐突に幸子の声が脳裏に蘇って、アキは自分の頬がかあっ、と熱くなるのを感じた。

当然ながら今日も、火薬の匂いに入り混じって例の、甘い匂いは漂っている。どきどき、いつものように暴れ始める心臓の音が隣へ聞こえやしないか、ともはや、気が気でなくなってしまう。そんなことを考えているうちに、火花の勢いは弱まり、力尽きた火の玉がぽとりと下へ落ちる。

「終わっちゃった……」

伊勢彦の手元の線香花火も同じように落ちて、彼は火の消えた持ち手をバケツの中へ放り込んだ。

「よし、次」

線香花火は全部で十本あり、二人はそれを半分ずつ、最後までやりきることにした。ほんの一、二分のあいだに散っていく火花を眺めながら、ぽつぽつと会話も進む。

「おまえさ、俺にまだ、色んなこと隠してるだろ」

何気ない声で切り出した伊勢彦の横顔は、線香花火のわずかな光源に照らされて、不思議な陰影を作り出していた。どきりとして、花火を持つ手が揺れる。

「え？　……そ、そんなことないよ？」

「実は吸血鬼だとか、花火が怖いとか。他にもあるだろ」

「…………」

それはまあ、とアキは下唇を軽く噛んだ。隠しているというほどではないが、言っていないことはあるだろう。いつか彼を想像しながらしてしまった自慰のことも、自分の気持ちも、打ち明ける勇気はない。

「知りたいんだよ」

「え？」

「なんか、不思議と。気になるんだよな、おまえ」

「……そ、そう、なの？」

気になる。どんな風に？　とも訊けず、アキはもう一度彼の横顔を盗み見た。笑うでもなく怒るでもなく、けれど少し、思案するような雰囲気が感じられるのは、こちらの気のせいだろうか。

俺も伊勢くんのこと、本当はもっと、知りたいな。

彼の生い立ちや生活のことは、実際に見たり話を聞いたりして少しは知っているけれど、それ以外のことはまだまだだ。どんなものを見て感動して、喜んで、悲しんで、つらい気持ちになるのか、できるなら、全部知りたい。

ジジ、ジ。五本目の線香花火、火花を出し終えた火の玉が、ゆっくりと冷えていく。

「終わったな」

「……うん」

部屋の電気をつけていないせいで、お互いの顔を照らしているのは周囲の家の窓から漏れる明かりだけだ。それでも伊勢彦が微笑んでいるのが判って、アキはどぎまぎした。

そういえば、初めて会ったときも、暗かった。伊勢彦は今日と同じくサンダル履きにTシャツとジーンズ、その上に白衣を着て、往診鞄を持っていた。助けて貰ったとき、カッコいい人だ、と思ったのを覚えている。

肩は、まだ触れ合ったままだ。二人は奇妙な沈黙の中で見つめ合っていたが、やがて伊勢彦の方から身体を離した。

「さて、と」

ふわりと空気が揺れ、甘い匂いが鼻先を掠める。

「アイスでも食うか」

「あ、あ、うん」

そうだね、とアキも立ち上がり、冷蔵庫から取り出したアイスを二人で食べる。さすがはサンワ乳業と言うべきか、いつも飲んでいるいちご牛乳の味がきちんと再現されたアイスバーは美味しく、あっという間になくなってしまった。

「はあ……。美味しかったあ」

「夏季限定ってことは、夏のあいだは食えるってことだよな。また買ってきてやるよ」

「うん、ありがとう」

　響さんたちにも教えてあげよう、と上機嫌で頷く。ほてい屋でお徳用のパックが売り出されればまた、まとめ買いもできるだろう。この美味しい食べ物をおなかいっぱい食べるにはそれしかない、と思ったとき、アキはあることを閃いた。

「あっ、そうだ」

「ん？」

「伊勢くん、俺のこと知りたいって言ったよね。俺の秘密、教えてあげようか」

「お？　なんだ？」

「あのね」

　興味を示した伊勢彦にアキはにやりと笑って、少しだけ声をひそめる。

「俺ね、実はね、コウモリになれるんだよ」

「……マジで？」

「マジ、マジ。見たい？」

　コウモリ気持ち悪くない？　と尋ねると、彼はやけに真面目な顔と声で「大丈夫だ。見せてくれ」と言った。

「よーし、じゃあ行くよ！　えいっ」

　きゅっと目を閉じて、コウモリの姿を強くイメージする。ぽんっ、と空気の爆ぜる感覚があって、アキの姿は掻き消え、その代わりに小さな生き物が畳の上に出現する。

「キー！　キー！」

どう？　伊勢くんどう？　と言う代わりに鳴いてみせると、伊勢彦は感動したように手を伸ばし、両手のひらにアキを掬い上げた。

「お、おお……小せえ……」

「キー」

「ほんとにアキか？」

「キー！」

「おお」

人差し指で頭を撫でられ、アキはぱたぱたと羽を動かす。伊勢彦の手のひらの上は想像以上に居心地がよく、嬉しくなって、くるくると回った。

「ははっ、可愛いな、おまえ」

「！」

その笑顔と、可愛い、というふたたびの単語にどきりとする。伊勢彦から言われるその言葉が、アキはとても嬉しい。彼の手のひらだけでなく肩や頭の上にも乗せて貰い、散々遊んだあとでアキは変身を解いた。

「……ど、どうだった！」

「おう、面白かったし、すげえ可愛かった。ありがとな」

そう言われ、でへへと笑う。

「変身できるって、すげえよ」

「それほどでも……」

かつて、こんなに褒められたことはない。照れてもじもじとするアキの頭を、伊勢彦はまたぽんぽんと撫でてくれた。

「うちの二階にもたまに来るんだよなあ、コウモリ。ちょうど、おまえみたいな……」

「あっ」

「え？」

うん、それね、と俯くアキに、伊勢彦は「ああ！」と声を上げた。

「あれ、おまえか……？」

「う、うん……ご、ごめん」

伊勢くんなにしてるかなって思って、と言いながら、アキはかーっと顔が熱くなるのを感じた。これではまるでストーキングしていましたと打ち明けたようなものだ。嫌われてしまうだろうかと不安になったが、伊勢彦は「なんだよ」と苦笑しただけだった。

「言えよ、あ、無理か」

「う、うん……」

「最近見なかったから、なんか……果物とか用意しといた方がいいのかとか思ってた。コウモリのときでも、味覚ダメなの？」

「ダメなんだ……」

「そうか」

まあ気兼ねなく遊びに来いよ、今度は中に入れてやるからと伊勢彦は請け合う。

「ほ、本当？」

「本当、本当」

別にコウモリの姿じゃなくてもいつでも、と彼は微笑んだままもう一度手を伸ばし、今度は撫でるというより、アキの髪をくしゃりと混ぜた。その触れ方があまりにも優しく、そして心地いいので、ため息をついてしまいそうになる。

「……よし。そろそろ帰るかな」

「そ、そっか、うん」

今日はごめんね、でも花火楽しかった、ありがとうとお礼を言うアキに見送られて、伊勢彦が玄関に立つ。

「俺も楽しかった。……またな」

「うん」

サンダルを履いた伊勢彦と、目を合わせる。なにか言いたいことがあるかのような顔つきだった彼が少し屈んできて、あれ、と思った。近い。

「いせく……」

その名前を最後まで言い切らないうちに、唇に柔らかいものが触れた。ぱち、と瞬きをするアキの目の前で、伊勢彦の前髪が揺れる。甘い匂いが強くなって、いつのまにか少し、息苦しい。

「おまえ、唇、冷たくなってる。アイスで」

「…………!!」

苦笑とも、微笑ともつかない曖昧《あいまい》な笑顔で伊勢彦は言い、そのあとぞくぞくするようないい声で「おやすみ」と囁いて、そのまま出て行ってしまった。

あとに残されたアキは、なぜか限界まで息を止め続けていたが、やがてぶはっ、と大きく口を開ける。

「はっ……、あ」

流れ込んできた酸素のおかげで、ようやく脳が動き出したように感じた。

「……ど、ど、どうしよう」

キスをした。伊勢くんと、キスをしてしまった。

「わああ、わあああああ」

認識した途端に耐えられなくなり、アキは両手で顔を覆《おお》って、ごろごろと畳の上を転げ回った。

「どうしよ、嬉しい、あっ、でもどうしよ、うわあ、わあ……！」

どうしよう、どうしようと頭の中がパニックになり、そのうちに、なんだかよく判らない感動がこみ上げてきて、身体を丸める。

「……っ、う、ううー」

顔を覆ったまま、アキは嗚咽《おえつ》ともうめき声ともつかない声を漏らす。嬉しさで、じわりと涙まで滲んだ。

「う、う、嬉し、うれしいぃ……」

誰かが自分を好きになるなんて。それが、自分の好きな人だなんて。

そんな奇跡のような出来事が起こるはずもない、だけど仕方がない、と。そんな風に諦めてしまったのはずいぶんと遠い昔で、以来、期待や淡い想像さえ、していなかったことなのだ。

友達だと言ってくれたこと。ばかりか帰したくない、一緒にいたいと思ってくれたこと、それだけでも、十分、嬉しかったのに。

「……うっ、うう、うっ、ひっ」

俺、伊勢くんに、好きになって貰えて、それだけじゃなくて、キスして貰えた。

――キスなんて、初めてした。

嬉しくて嬉しくて、アキはついに本当の嗚咽を漏らした。普段の体温よりもずっと熱い涙が、次から次へと溢れて止まらない。

「……っひ、うっ、うあ、あ」

なんで泣いてるんだろ、俺。

「あーっ、ああ、あ、ああん」

もう本当に止まらなくて、声を上げるとまた涙が溢れ、子供のように泣きじゃくる。

畳の上へ転がったまま顔がぐしゃぐしゃになるまで泣きはらし、呼吸がようやく落ち着いても、アキは起き上がらず、そのままぎゅっと身体を丸めていた。涙で濡れていた顔は次第に乾いて、がびがびになる。

「う、う」

上下くっついてしまった睫毛《まつげ》をごしごしと擦り、それから、アキはむくりと身体を起こして座った。

「あー……」

顎を上げ、天井を見上げると、また涙が流れた。ああ、本当に、嬉しい。そうして、ああ俺、嬉しいけど悲しいんだな、と判った。

なぜならアキは、この恋は実らない、と知っていたからだ。

伊勢彦が好きだ。

彼にも同じように好きになって貰えて、とても嬉しい。だけど自分は吸血鬼で、その上男で、伊勢彦は人間なのだ。アキは彼の子供も産めなければ、結婚することもできなければ、一緒に年を重ねることもできない。

仮に伊勢彦がそれでいいと言ったとしても、いつまでも姿形の変わらないアキをそばに置いておくことは難しいはずだ。

実際にアキは何度も、そのせいで居場所を追われ、転々とせざるを得なかった。

温海家の客間兼食堂に並んでいた何枚もの家族写真のように、同じ時間の中を生きていくことはできない。

そして——だからと言って、彼を自分と同じ、吸血鬼にすることも、できない。

そんなのはもってのほかで、だから彼の隣にいるべきなのは、自分ではないだろう。

たぶん、もう会わないほうがいい。自分は、彼の血の匂いを甘く感じてしまうような化け物だ。

このまま顔を合わせていれば、離れるのはどんどんつらくなる。

引き際なのだ、と思った。

「……でも、でも、もう、泣くの、やめよ……」

伊勢彦といられて楽しかった。だから恋人になれなくても、もう会わないのだとしても、彼の友達であることは変わらない。くだらない話をして笑い合い、名前を呼び合って、ときどき、一緒にどこかへ遊びに行った。それだけの思い出があれば、平気だ。

「へいき……」

呟くとずき、と胸が痛む。

ずきずき、ずきずき、疼くように痛むのは、肺か、心臓か、それとも心か。

アキはそこを押さえたまま身体を倒す。ふたたび畳に額を擦りつけて、平気、平気と何度も繰り返した。

花火大会の翌週、長引いた梅雨は明け、東京はすっかり夏模様で、晴れの日が続くようになってきた。

あの夜以来、アキは伊勢彦とは顔を合わせていない。

出かける約束をしていなかったのをいいことに、あつみ小児科にも顔を出さず、伊勢彦が働いている時間を狙って移動しているため、町内でばったり遭遇するということもなくなった。番号を教えてあったからか、一度アパートに電話がかかってきたが、「ちょっとバイトが忙しくて……」という曖昧な返答で、約束をすることは避けていた。

　そんなアキの態度を、伊勢彦がどう思っているのか、よく判らない。電話口ではあっさりとした口調で「そうか、じゃ、また」と答えた彼の声には、いつもと違うトーンは感じられなかった。もっとも彼も、子供たちが夏休みに入ってからというもの、熱中症や夏風邪、食あたりなどで忙しそうだから、アキを構っているヒマはないのかもしれない。

　それを寂しいと思う権利などないはずなのに、アキはどうしても毎日、伊勢くんはなにをしてるのかな、今頃また出前でも取ってお昼ご飯を食べているかな、と想像してしまうのだった。

「アキちゃん、最近どぉ？　伊勢くんとは。ラブラブ？」

　明日から八月という暑い日、アキは長袖のパーカーにジーンズ、帽子とサングラスに日傘という完全防備で、へろへろになりながらも占いの館「カメリア」に出勤し、冷えたいちご牛乳を飲んでいた。

「ごふ……っ」

「きゃあっ!?」

　唐突な質問に動揺し、飲んでいたいちご牛乳が気管に入ってしまい、げほげほと咳き込んだアキは涙目になる。

「な、なぁに？　わたし訊いちゃいけないことでも訊いたぁ？」

「そ……っ、そっ、んな、こと、な、ない、けど」

「判りやすいわ……」

「なにかあったのね」

眉を寄せ、呟くとしえと響に挟まれた幸子が、ちゃぶ台に両肘を乗せ、ずい、と派手な化粧の顔を突き出す。

「なにがあったのぉ、アキちゃん！　言ってごらん、お姉さん、聞いてあげるから！」

「お姉さん!?　あんたはおっさんでしょ。アキちゃん、わたしが聞いてあげるわ」

「うう……」

三人三様ながら総じて興味津々の三人に問い詰められ、アキはあえなく、伊勢彦と花火大会の夜に会い、コンビニで買った花火を二人で楽しみ、その別れ際にキスをされた、ということを白状させられた。

「そ、それで、アパートから帰るときにね、その、なんだろ、いわゆる、キスを……」

「き……っ、キ、キ、キ、キャーッ！」

「幸子、幸子落ち着いて」

「アキちゃん……」

顔を真っ赤にして興奮状態に陥った幸子とそれを宥めるとしえをよそに、響は思わしげな表情を浮かべる。それでそのあとなにか話したの、と聞く彼女に、アキは「ううん」と小さく首を振った。

「それからは、会ってない……あのね、俺、もうあんまり、会わない方がいいのかなって、思って……」

「どっ、どぉして!?　どう考えたって、相思相愛じゃないのよぉ！」

「幸子」

叫ぶ幸子を窘《たしな》めた響は、ちゃぶ台の前で俯くアキの肩をぽんぽん、と優しく叩く。

「……それでいいの？　アキちゃん」

頷いたアキはたどたどしく、だが自分の言葉で、彼の血の匂いが甘いこと、自分は伊勢彦の隣にはふさわしくないこと、お互いのためにも距離を置いた方がいいと思っていることを説明した。

響と、ようやく落ち着いたらしい幸子、そしてとしえはその話を最後まで黙って聞いていたが、やがて説明を終えたアキに、「そう」「そうね」「うん」と口々に答え、ため息をつく。

「切ないじゃないの……」

「……ほんとに、大人になったのねぇ……」

「一生懸命、考えたのよね」

「つらい決断だわ」

「あぁ、もう！　今日は飲みましょ。あたし、奢ったげる」

涙目の幸子が膝立ちになり、座ったままのアキをぎゅっと抱きしめてくれた。

思わず涙が滲んでしまいそうになったが、泣くのはもうやめたのだと思い出し、強く目を閉じてこらえた。


カメリアを閉めたあと全員で「油や」に行き、幸子の奢りで特別に仕入れて貰ったいちご牛乳を片手に盛り上がったアキは、終電で住吉町の駅へとたどり着いた。

人気のない歩道を歩いて行くと、漫画喫茶を過ぎたところで、見覚えのあるシルエットがガードレールにもたれているのに気づく。

「よう」

「い、伊勢くん。……コールテンも」

声をかけられ、ぎくりとして立ち止まると、彼の足元にいるコールテンがにゃあん、と鳴いた。こんな時間に、どうしたのだろう。

「そこの角で会ったんだ。他の二匹はいなかったけど、こいつだけついてきた。……悪いな、待ち伏せみたいな真似して。十時頃、アパートに行ったんだけど暗かったから、まだ帰ってきてないならここで待ってりゃ会えるかと思ってさ」

「そ、そっか……」

ということは二時間近く、ここで待っていたのだろうか。

「久しぶりだな」

「う、うん」

「アキ」

彼が身体を起こして近づいてくるのと同時に、甘い匂いがアキの鼻先を掠めた。途端、胸がぎゅっと切なくなって、アキは唇を噛む。

「こないだのこと……」

気にしてるのか、と尋ねた伊勢彦は「いや」と首を振って、「……怒ってるか？」と言い替えた。

「お、怒る、って？」

「その、あれだ。帰り際の。勝手にというか、つまり、おまえの気持ちも、確認せずに」

「……あ、あ」

キスのことを言っているのだ、と、もちろんアキにも判っていた。あれ以来初めての対面だし、他に伊勢彦が気まずそうな顔をする原因がない。

「あれ、あの、あれね……あれは……えっと……」

「おまえ、そっちじゃないのにな」

「あ……」

そっちじゃない、というのはつまりゲイじゃない、ということだ。たしかにアキは伊勢彦以外の男に対して、名前を呼ばれただけで嬉しかったり、甘い匂いを嗅ぎ取ったり、その挙句に欲情してしまったりもしない。

「うん。お、俺……そっちじゃ、ない」

「そうだよな」

うん、と頷く伊勢彦は、悪い、と謝る。

「順番が逆になっちまった」

「え」

「……好きだ」

単刀直入な告白になにも返せず、アキはぱくぱくと口を開け閉めして、俯く。呼吸が止まってしまいそうな沈黙のあと、伊勢彦は静かにため息をつく。同時に、小さく苦笑する気配があった。

「……やっぱりだめか」

「！」

弾かれたように顔を上げると、彼は身体のどこかがひどく痛むのに、それを隠して笑っているかのような表情を浮かべていた。

そんな顔しないでよ、伊勢くん。

しかし、その原因は自分だ。そのままアキから視線を逃した彼に、なにか言わなくてはと思ったけれど、喉が塞がったように、うまく声が出せなかった。

嘘をつきたくない。だけど、その気持には、応えられない。どうしよう、どうしよう、と気持ちばかりが焦っていって、言えそうな言葉は見つからない。ぎゅっと両手を握っているアキに気づいた伊勢彦が手を伸ばし、ぽん、と優しく頭を撫でた。

「ごめんな、アキ」

「あ……」

そんなにやわらかい声で、謝らないで欲しい。だけどその謝罪の原因が自分だと気づいて、結局、なにも言えなくなった。

どうしよう。嘘以外で、いま、言えること。

「い、伊勢くん」

「ん？」

呼びかける声が震えてしまったアキを、伊勢彦が見る。ひどいことを言おうとしているのにその目がとても優しくて、ああ、やっぱり好きだと思った。

「お、俺と、友達に……っ、友達に、なってくれて、う、嬉しかった。でも俺、やっぱり、きゅ、吸血鬼だから、だから、人間とは、ずっと友達で、いられないんだ」

「アキ」

「もう、会わない方がいいと思う！　……ごめんね！」

泣いてはいけないという気持ちが、大声になった。

ひゅっと息を吸い込んで、アキは伊勢彦の脇を通り抜ける。

彼はなにも言わず、追いかけても来なかった。

必死で歩いているうちにいつの間にか駆け足になって、そのうちに全速力になって、鼻の奥も喉も肺も心臓も、慣れないスピードに絡まる足も痛かったけれど、どうにかアパートの前までやってきた。

白い猫と黒い猫が、驚いたように塀から飛び降りて、あとをついてくる。

震える手で鍵を取り出し、ドアを開けると、いつも通り真っ暗な部屋がアキを迎えて、なにか察したらしいべっちんとびろうどの二匹が、するりと足元をくぐり抜け、先に居間へと入っていった。

猫を追ってドアを閉め、靴を脱ぎ、ちゃぶ台の前まで来たところで、ついにアキは自分との約束を破ってしまった。

「ひっ、う、うぐ」

せめて誰にも見られぬよう、小さくなって膝を抱え、顔を隠して、平気、平気、と胸の中で何度も繰り返す。

大丈夫、明日はきっと楽しいことがある。明日がダメならそのまた明日。そうしてまた次の五十年、百年、百五十年。知っている猫が死んでしまって、顔見知りの人間がいなくなって、いつか、もしかしたら、カメリアの仲間たちとはぐれても。

その長い時間のことを考えて、アキは歯を食い縛った。いま伊勢彦と会えなくなることよりも、この先、彼が死んだあと、彼のいない世界で生きていかなくてはならないことが、なによりつらい。だから、いまが苦しいくらい、平気だ。

「だって俺にはっ、響さんがいるしっ、幸子さんがっ、いるしっ、としえさんも、麻里さんも、べっちんもびろうどもコールテンも、」

それなのに、なんで泣くんだよ、俺のバカ、弱虫、意気地《いくじ》なし。

「……平気なのにぃぃ……」

なああん、と鳴いたびろうどもべっちんも、アキに身体をこすりつけ、慰めてくれているようだった。ぐしゃぐしゃの顔を上げて、二匹を両脇に抱え込む。ふわふわの毛並みとやわらかな温かさが、せめてもの拠り所だ。

伊勢彦のあの、大きな手のひらの温かさと似ていた。

あんなに優しい男が自分を好きだと言ってくれたのに、なにも返せなかった。ばかりか、走って逃げて、俺はなんて最低なんだろう、と思う。

一方的に、もう会わないほうがいいと思う、とも言った。

嫌われてしまったかもしれない。だけど伊勢彦にとっては、むしろその方がいいのかもしれない。自分のことなど見限って、もっと健康で可愛くて、おひさまの下を一緒に歩けるような、誰からも祝福されるような相手を見つけて欲しい。

それでも、もう友達でもなくなってしまうのだとしても、忘れずにいて、勝手にずっと好きでい続けることはできる。ダムの底に沈んだ村でも、あそこが自分の故郷なのだ、と忘れずにいるのと同じで。


八月はゆっくりと過ぎていき、蝉《せみ》の声も少し変化して、日差しはますます強く、アキを部屋から出したくないかのように照りつけた。

予想通りに何日かカメリアのバイトを休んでしまい、そろそろ来月の生活がピンチだ。エンゲル係数が異常に低いアキだが、家賃や光熱費は払わなくてはならない。

今日は雨に紛れて出勤し、びしょ濡れになったものの、飛び込みの客を二名ほど占って、少々ホッとしつつ休憩に入る。

共同の冷蔵庫を開けてみたが、前回出勤したときにストックのパックを開けてしまったようで、いちご牛乳が底をついていた。

「しまった……」

「ちょうどいいじゃなぁい、今日、ほてい屋の特売日よ！　ホラ、七のつく日」

日めくりを指して幸子が言うと、響もそれに目をやった。

「あら本当、ちょうどいいわね。あんたもアキちゃんと一緒に行って、買い出ししてきてちょうだい」

「えぇっ、あたしもぉ？」

「幸子さん、一緒にいこ」

んもぉ判ったわよぉ支度するからちょっと待って、と化粧を直した幸子と連れ立って、ほてい屋へ赴く。今日の彼女はゴールドがテーマだそうで、アイシャドーもネイルも、着ているワンピースまで金ピカだ。

「雨の日こそ、あたしが太陽になって世の中を照らしてあげるの。ステキでしょ？」

「ステキだねえ、幸子さんの光なら、俺も火傷しないし！」

「可愛いこと言うじゃないのぉアキちゃん！」

特売日のほてい屋には、上野近辺からたくさんの人が集まっている。もちろん主婦が多いが、それだけでなく、ちょっとした店の備品を買いにきている水商売のマスター、暇つぶしのお年寄り、部署みんなで食べるのだろう、お徳用のお菓子の袋を物色《ぶっしょく》するＯＬまで様々だ。

「アキちゃん、あたしちょっとお化粧品のとこ見てくるから、先に買い物してて」

響のメモを押しつけられ、ウェットティッシュなどの消耗品をカゴに入れていると、不意に「アキくん？」と声をかけられた。顔を上げると、相手の女性に見覚えがある。

「あ！　伊勢くん……とこの」

「そうそう！　なんか、久しぶりだね」

小児科医院の受付にいつも座っていたスタッフだった。名前はたしか、三崎。今日は休みなのか私服姿で、商品がたくさん入ったカゴを抱えている。

「今日は医院は午後休だから、みんなで買い出しなの」

「え、み、みんなって？」

「スタッフのみんな」

ほらあそこに、と彼女が示す方向を見れば、阿吽像そっくりの看護師、須藤と佐伯が洗剤を物色しているところだった。

「先生はいないわよ」

「あ、そっか」

その言葉にホッとしていると、須藤がすたすたとこちらへ近づいてくる。どうもこんにちは、と頭を下げると、うむ、とでもいうように重々しく頷いた彼女は「火傷は」と低い声で訊いてきた。

「えっ？　あ、あ、火傷。もう大丈夫、治った……」

袖をまくって見せると、やはり近づいてきた佐伯も頷く。無表情のますっかり元通りになった腕の皮膚を撫でられて、小さく「ひゃっ」と声を上げたアキを、二人はじっと見つめてくる。

「………？」

「伊勢彦先生は、子供の頃から」

「八重歯のある子が好きなのよ」

「好きになるアイドルも」

「同級生の女子もみんな」

八重歯の可愛い子だったわ、と二人が声を揃え、アキは頭の上にクエスチョンマークを浮かべて「へ、へえ」と答えた。そういえば初めて会ったとき、伊勢彦に八重歯、というか牙のことを指摘されたような気もする。

「あっ、そうなんだ。え、じゃあそういう理由つけて、今日のお見合いも断っちゃえばよかったのに」

「お見合い？」

三崎の言葉に思わず反応してしまったアキは、「あ、えっと」と言葉を濁そうとしたが、彼女は「うん」と頷く。

「しかも今回はカヨさん経由じゃなくて、お母さま側の親戚の方からの紹介で、拒否できなかったみたい。会うだけでもって言うけど、会ってから断ったら角が立つだろって、ぶつぶつ言っててらしたわ。なあんだ、八重歯の話、したらよかったのにねえ」

「三崎さんは無茶を言うわね」

そんな断り方はできません、と須藤・佐伯コンビがまた声を揃える。

「えーっ、そうですかあ？」

「………………」

見合い。伊勢彦が、見合い。

いくらなんでも「八重歯のない女性とは見合いできません」などという断りが通用するとは思えず、さすがのアキでもそれはないなと思ったが、それよりも「見合い」という言葉に、軽くショックを受ける。

誰からも祝福されるような相手を見つけて欲しいなどと考えておきながら、いざ相手がそうした行動に出るとショックを受けている、という自分の決意の弱さにも、アキは動揺していた。

「アーキちゃん、おまたせぇ！　あら、こちらどなた？」

「幸子さん。……えっとこちら、あの、あつみ小児科医院の、三崎さんと、須藤さんと、佐伯さん」

「初めましてぇ」

化粧品の物色を終えて戻ってきた幸子は腰をくねらせて挨拶をし、主に須藤と佐伯をじろじろと眺め回した。

「……妖怪？」

小さな声で訊かれ、「ち、ち、違うよ。普通の看護師さんだよ」とこちらも小声で答え、たぶん、とつけ足す。ふうん、と頷く幸子はいまひとつ納得していない様子だった。

「じゃ、行きましょ」

「うん。……三崎さん、須藤さんに佐伯さん、あの、じゃあ、バイバイ」

「バイバイアキちゃん、またね！」

三人の様子を見る限り、伊勢彦はアキとのあれこれについて、なにも説明していないようだ。ホッとしたような複雑なような気分で食品フロアに向かう。

「アキちゃんちょっと、見て見てぇ！　サンワさん、いちご牛乳バーなんていうの出してるわよぉ！　アイスよこれ。美味しそうじゃなぁい？」

幸子が冷凍ケースを覗き込みながら手招きする。近づいてみると、コンビニで売っているものが八本セットになったお徳用のパックが売られていた。

脳裏には、伊勢彦と食べたあの夜の思い出が蘇る。

二人で食べたな、美味しかったな、というその思い出を頭の隅へ追いやって、アキはくるりと幸子に背を向けた。

「……アイスなんて、邪道だよ。俺はいつもの、飲むやつで十分」

「そうぉ？　いいのぉ？」

「うん、いいの」

冷凍ケースから離れ、いちご牛乳のパックをカゴへ放り込む。休憩のときにみんなで食べるおやつ、という名目のこわれ煎餅や徳用のマドレーヌなども買い込んで、二人はカメリアへと戻った。

「ねえ響さん、お見合いしたことある？」

「お見合い？　ないけど……どうして？」

「えっ、べ、別に、なんとなく……聞いてみただけ。俺もしたことないから、どんな感じなのかなって、思って……」

「する予定でもあるの？」

「あっ、もしかして、温海伊勢彦がするんじゃなぁい？　さっきほてい屋で、あつみ小児科の人たちに会ったのよ。アキちゃん、なにか聞いたんでしょ？」

幸子にあっさりと見破られてしまい、アキは慌てて首を振った。

「ち、ち、ち、違うよ？」

「目が泳いでるわ」

「図星《ずぼし》ね」

アキちゃんは全部顔に出るから、でも嘘つけないっていいことよぉ、と慰めなのかなんなのか判らない言葉をかけてくれるとしえと幸子に、きゅっと唇を噛む。

「お見合い、紹介をしたことならあるわ」

響はそう言って、頬杖をついた。

「ほんと？　どんなことするの」

「まあ大体レストランとかホテルで、お互いのつき添い人含めて顔合わせして、ランチして……お茶して、どんなに盛り上がったとしても夕方には解散するパターンが多いんじゃないかしら」

「ふ、ふうん、そっか」

「気になるのね」

「う……」

たしかに、気になる。伊勢彦がどんな人と「見合い」をするのか、考えまいとしていても、どうしても色々と想像してしまうのだった。可愛いのだろうか、それとも美人なタイプだろうか。どちらにせよきっと、自分よりも彼にお似合いで、周囲から手放しで祝福されるような相手なのに違いない。

「で、でも俺、見に行ったりとか、そんなこと、しようと思ってないよ」

「それがいいわ。見ても寂しくなるだけでしょ」

「うん……」

やっぱりそうだよね、とアキはいちご牛乳の入った黒いグラスを見下ろして、ため息をついた。判っているのだ。諦める、伊勢彦の幸せを願うと決めたのだから、中途半端に関わらないのが一番。

時計を見れば、午後四時になろうかというところだ。

伊勢くん、いまはなにしてるのかな。お見合い相手の人と、仲良くお茶でも飲んでる頃かな。いやいや、ひょっとしたら話がとんとん拍子にまとまって、もう結婚式の相談とか、してたらどうしよう。

「…………っ」

どうしようもなにもアキにはできることなど一つもないのだけれど、そんなことを考えてはぶんぶんと首を振り、またぼんやりしては伊勢彦のことを考える、という堂々巡りな時間を過ごした。

やがてカメリアの閉館時間となり、片づけや着替えを終えて外へ出る。

「アキちゃん、あんまり気にしちゃだめよ」

「そうよぉ、忘れるためには、考えないのが一番！　ねっ、今度お休みの日にでも、あたしの贔屓《ひいき》のホストクラブ連れてってあげる。温海伊勢彦なんか目じゃないくらい、男前がいるわよぉ」

「あんた、まだホストなんかに貢いでるの……」

「ちょっと響、なんかとはなによぉ！　みんなすんごぉくいい子たちなんだからねっ」

「……ありがと、幸子さん」

彼女の気遣いは嬉しいが、しばらくそんな気分にはなれそうもない。

じゃあまた明日ね、と手を振って上野駅へと向かった。

「はあ……」

伊勢彦はどうしただろう。またしてもそのことを考えてしまい、アキはうぐぐと顔をしかめる。

漫画喫茶の前を通りすぎてガードレールのある歩道の途中、また彼が待っているのではないかと内心でほんの少しだけ期待したのだが、もちろん、誰の姿もなかった。思わずついてしまいそうになったため息を噛み殺し、足を動かす。

二人で立ち寄り、アイスや花火を買ったコンビニ。皓々と明るい光から目を逸らしながら歩いて、あの角を曲がればあつみ小児科医院の入り口が見え、その隣には伊勢彦の自宅がある。

他の道を通ってもアパートには戻れるけれど、アキはなんとなく、小児科の前の道を選んだ。夜八時半になろうかという時間だから、当然のこと、医院は真っ暗だ。ぎこちなく視線を上げれば、伊勢彦の自宅にも、明るい窓は見つけられなかった。

少しだけ、がっかりする。

「……まだ、帰ってきてないのかな」

それはつまり、と思考が暗い方へスライドした。

つまり——見合いはうまくいって、具体的な相談をしているのかもしれない。だって伊勢くんはカッコいいし優しいしお医者さんだし、相手の人に嫌われるなんてこと、絶対にないもの。

とぼとぼと歩いて温海家を離れ、アパートの方へ向かう。

そのほぼ中間地点に、アキが初めて薬売りと遭遇し、伊勢彦に命を救われた路地があった。なんだか妙に懐かしくなってしまい覗き込むと、薄汚れた室外機の上に黒い猫、停めてある自転車の下には白い猫が蹲《うずくま》っていた。

「びろうど、べっちん、ただいま。……あれ、今日はコールテン、いないの？」

二匹の目がきょろりとアキを見る。いつものようにびろうどが口を開け、なああん、と鳴こうとしたときだった。

キキキ、どんっ、という音がした。

「！」

そのあとまた続いて、鈍い音。

はっとしたアキの目の前で、猫たちも顔つきを変える。

フーッと不穏な息を吐いたびろうどが室外機の上から飛び降りて走っていくのを、べっちんも追いかけて走り出した。

「ま、待って、待って！」

なんだか、放っておいてはいけない気がした。

彼らを追いかけて、アキも足を速める。

アパートまでもうすぐというところで、誰かの怒号が聞こえた。救急車を早くとか、誰か電話しろとかそういう言葉が耳に入ってきて、どきり、ととてもいやな感じで心臓が跳ねた。

車が、妙な角度で停まっている。なにかを避けようとして急に進路を変えたかのような印象で、いやな予感はますます膨らんだ。

「まさか……」

まさか、まさか――コールテン？

アキよりもずっと早く、集まりだした人垣の足元をくぐり抜けていったびろうどとべっちんの姿はもう見えない。つんのめるようにしながらアキも人の背中を押しのけ、停まっている車へと近づいた。

なああ、なあん、と猫の声がする。

暗くてよく判らないけれど、街灯と、ついたままの車のヘッドライトに照らされたアスファルトが濡れていた。はあはあと肩を上下させたまま、車に手をついて、人々の視線が集中している先を覗く。

「…………!!」

そこに倒れていたのは、コールテンではなかった。

茶トラの猫は、代わりに倒れ伏した身体のすぐ脇にいて、その身を案じるかのように鳴いていた。

「あ……あ、う、うそだ」

倒れているのは人間の、それも男性だ。

彼が着ているシャツには見覚えがないのに、穿《は》いているスラックスにも見覚えがないのに、足元に落ちたサンダルを知っていた。その髪も、頬も、そして力なく投げ出された、大きな手。

「……伊勢くん!!」

自分でも聞いたことのないような大きな悲鳴が喉の奥から迸って、そのせいか、他の音がいっさい、聞こえなくなった。

「い、伊勢く……っ、」

がくりと膝をついて、手を伸ばす。抱き起こそうとしたけれど、その額やこめかみ、頬までが血まみれなのを見て、動きを止めた。アキは人を襲ったことはないけれど、人が死ぬのを見たことがないわけではない。

この百五十年、あちこちで、様々なものを見てきた。寿命で、病気で、事故で、戦争で、地震で——儚《はかな》く、いなくなってしまう人々を。

誰かの手が、アキの肩にかかる。

引き離そうとしているのだと感じて乱暴に振り払った。力が入らず、それでも伊勢彦の身体に触れた手が、ひどく温かいもので濡れる。

それがなにかは、いやというほど判っていた。

甘い匂いが立ち込めている。息苦しいほどだ。

「……あ……あっ、」

目を開けてよ、お願いだからと言葉にならず、それでも伊勢彦に顔を近づけたところで、その目蓋が動いたような気がした。

「い、伊勢くん……？」

見守る中で、伊勢彦の目蓋が薄く開く。焦点の合わない視線がうろ、とさまよって、アキの顔を見たような気がした。いてもたってもいられずに、覆いかぶさるようにして呼びかける。

「伊勢くん、伊勢くん！　お、俺だよ、アキ、アキだよ！　い、伊勢く」

「……キ、」

アキ、と。声にならない声で呼ばれ、必死でその口元へ耳を近づけると、ひゅ、ひゅ、と掠れた呼吸音だけが鼓膜を揺らす。

「……、……」

「な、なに？　聞こえない……」

「…………」

やはり、声はなかった。

だけどたしかに聞こえた。泣くなよ、と、彼は言った。

二の腕になにかが当たって、見ればそれは伊勢彦の手だった。ちゃんと力を入れることができれば、おそらくはアキの頭をぽん、といつものように、優しく撫でてくれていたはずの。ほんの軽く撫でるか撫でないか、その程度の力で触れて、そして、ふたたびずるりと落ちる。

「あ……」

ふたたび視線を移せば、目蓋は閉じてしまっていた。

「…………っ」

甘い匂いの絶望感に、包み込まれている。探るように手を動かすと、彼の胸がもう、少しも上下していないことに気づいた。

「……っあ、あ、」

なんで。どうして。

アキに判るのは、ここがアキのアパートからもう数十メートル程度しか離れていないこと、伊勢彦がいったん自宅へ戻ってサンダルへ履き替えたこと、おそらくアキに会うためにここまで歩いてきたこと。

見合いの日の、その夜に。

「あのな、そこにいる猫を、轢《ひ》くとこだったんだよ、車が。……それで、その兄ちゃんがいきなり、飛び出してって」

「………」

「なにをそんなに急いでたんかなあ、結構、スピードが……出てたから、ブレーキ、間に合わなくてな」

アキの反対側にいた中年の男性が、そう説明した。車のドライバーは伊勢彦から離れて、どこかへ電話をかけている。突然戻ってきた聴覚の中で、遠く、救急車のサイレンが聞こえた。

「でも、すぐ救急車、来るから」

そんなのは、もう——間に合わない。

「……いやだ」

伊勢彦が死ぬなんて。

彼ほど誠実で優しい人が、こんなところで、こんな風に死ぬなんてだめだ。彼の人生にはもっと、まだまだたくさん、幸せで、温かなことが用意されていたはずなのに。こんなのは間違っている。

直感だろうか。いますでに呼吸も、心臓の鼓動さえ止まってしまった伊勢彦を前に、アキは「ああ」と、不意に思った。

ああ、そうか、と。

どうして自分のような存在を、伊勢彦が好きになんてなってくれたのか。どうして自分が、伊勢彦を好きになったのか。アキは生まれてこの方、神さまだとか仏さまだとか、運命だとか、そういう類《たぐい》のものを信じていない。それでも自分という存在にも一応の意味はあったのだ、と理解した。

「……伊勢くん」

膝をついたまま背中を丸め、屈んで伊勢彦の額に唇を押しつける。悲しいことに彼の血は、大好きないちご牛乳より、ずっとずっと甘かった。舌が痺れるほどだ。それがやりきれなくて、閉じた目蓋をこじ開けるようにして、涙が溢れる。

「……っ、」

――生きて欲しい。どうしても。

汚れるのも構わず伊勢彦の頭を抱え、一番おびただしく血に濡れた場所を探して舌を這わせた。

ごくりと喉を鳴らして、口の中のものを飲み込む。

顔を上げると、さきほど事故の様子を説明してくれた中年の男の傍らに、いつの間にか薬売りが――千眼寺が立っていた。

こちらを見下ろす無感情な目と視線を合わせ、ああよかった、来てくれたとアキは安堵する。

「……吸血鬼」

「うん……」

ポケットの中にあったパスケースから、小さく畳まれた封筒を取り出す。ゆらゆらと揺れるちんあなごのストラップを見て、手が震えた。

破いてしまわないよう、すっかり折り目のついてしまった契約書を広げると、紙にも伊勢彦の血がついてしまった。

「こ、これ」

震える手で差し出したそれを、千眼寺が受け取る。

「お、俺ね、いま、伊勢くんの、血を、飲んだから」

「…………」

薬売りはなにも言わず、アキを見下ろしていた。

「だから、心臓を……あげる、から、そ、その……その、代わりに、どうか……」

吸血鬼の心臓は、反魂の薬。いまのアキにとって、それだけが唯一、伊勢彦のためにできることだった。

「……どうか、伊勢くんを……助けて」

生きて欲しい。またあの顔で笑って、たくさんの子供たちを助けて、その数と同じくらい、幸せになって欲しい。その隣に、自分がいなくてもいい。本当は——本当はずっと一緒にいたかったけれど、仕方がない。

「お、お願い、します。お願い……」

千眼寺はほんの少しだけ眉を寄せて、なにか考えているようだった。

だがやがて、頷く。

「いいだろう。……今回は特例として、その希望、聞き届けてやる」

「あ、あ、ありがとう……！」

笑顔を浮かべたアキに、千眼寺が手を翳す。

途端にじわ、と額に熱を感じた。

「あ……」

意識が遠くなる。

最後の瞬間は思っていたより、恐ろしいものではなかった。

額から広がった熱が全身を包み、少しずつ感覚が薄れていって、まるで眠りにつくときのように安らかな闇の中へ落ちていく。

ぴゅうぴゅうと耳のそばで、風が鳴っている。

あ、違うな。これ、真っ黒の闇じゃなくて、灰色の、曇り空だ。

診察室で触れた手の温かさが、消毒液の匂いが、亡き家族のことを話す彼の表情が、そして二人で出かけたあちこちの風景が蘇る。

そしてアキは、自分の身体がゆっくりと落ちて行く先に、たくさんの蓮の花と葉が揺れているのを感じた。

綺麗だな。

ああ、伊勢くん。

俺、すごくすごく、楽しかったよ。

白鳥のかたちをしたボートに乗り、動物を見て、人口の星を見て、魚を見て、笑い合って、花火をして、アイスを食べて。

そして、キスをした。

そうだ、キスなんてしたの、生まれて初めてだった。

誰かに好きになって貰えるなんて、俺は考えたこともなかったし。おかげで、いい人生だった。

いや、吸血鬼生だった。ありがとう、ありがとう、ありがとう。

ありがとう、伊勢くん。……――幸せになってね。

「アキ、おれも、こないだ、ちんあなご見てきた！」

「えっ、本当？　どうだった？　可愛かった？」

「かわいかった！」

やっぱり、そうだよねえ、ペンギンは？　ペンギンも可愛かったでしょと笑うアキに、ヒロミチも頷く。

「すっごい、かわいかった！　おれ、パパにぬいぐるみ買って貰った。ミカのも！」

「わあ、いいなあ」

あれ、俺だなあ、とアキは思った。

あつみ小児科医院の待合室、ヒロミチや、その妹、ミカを腕に抱いた松田さんと話している自分を、どこかから見ている。そばにはカヨさんもいて、アキはなにか丸めた紙のようなものを持っていた。

「アキちゃん、それなに？」

「あ、これね、ポスターだよ。来月、チャリティバザーやるんだ。松田さんちにも、いらないものあったら出してください」

「ああ、今年もやるのね。判った、探しておくわ」

あつみ小児科ではバザーが恒例なのか、へえ、とその光景を「見ている」側のアキは思う。

視界の中では向こう側のアキが、壁にポスターを貼り始めた。

画鋲《がびょう》で四隅を留めて、斜めになっていないかどうか、少し離れて確かめている。

「どうかな。うーん……ちょっと曲がってるかな」

「まがってるー！」

「やっぱり？」

「……アキ、なにしてる？」

診察室から、伊勢彦も顔を出した。

「ああ、それか。……貸せ。俺が貼るから、おまえは後ろで見て、調整してくれ。こないだみたいに、台の上から落ちてひっくり返られたら大変だからな」

「あ、ありがとう」

「心配性ねえ、伊勢彦先生」

「ドジなんだよ、こいつ」

「うう……」

バカにされた、と言いつつ、アキは嬉しそうに伊勢彦と交代し、もうちょっと右が上だとか、今度は左を上だとか指示を出している。

なんだか、やけに楽しそうだった。

いいな、と思った途端に、場面が変わった。今度は——あれは、伊勢彦の自宅の、庭だろうか。物干し竿の前に、洗濯物の入ったカゴを抱えたアキが立って、なにか一生懸命に干している。

タオルや、シーツや、シャツやふきん。

驚いたことがある。

外はとてもいい天気で、日差しが降り注いでいるというのに、アキは半袖なのだ。なにか大声で歌いながら、上機嫌で洗濯物を干し終えた彼は空のカゴを抱え、家の中へ戻っていく。

それを見て、アキはああなるほど、と思った。

これはいわゆる死に際の、幸せな夢というやつだ。走馬灯が終わってしまって、次は自分の妄想を見ているのに違いない。夢の中の自分は人間で、太陽の光にも火傷を負ったりしないのだ。伊勢彦と同じ家に住んで、彼と幸せに暮らしている。

いいなあと思っているうちに、場面が変わった。

リビングルームだろうか、食卓と思しきテーブルに、伊勢彦とアキは向い合って座り、食事をとっていた。

白いご飯に味噌汁、酢の物、つけもの、大皿に盛られたサラダ、煮物、それにぴかぴか光る、銀色の焼き魚。

アキはそれらの食べ物を、幸せそうに頬張っている。美味しいねえ伊勢くん、というその声を聞きながら、こちら側のアキまで嬉しくなってしまう。

「さんま、美味しいねえ」

その魚は、さんまというらしかった。

「さすがに飽きてこねえか？　もう四日連続だぞ」

「飽きないよ、こんなに美味しいのに！」

満面の笑顔を見ながら、やっぱり夢だなあ、と思った。魚を美味しいと思う味覚は、アキにはない。

だけどそれにしてはなんだか妙にリアルだな、声も聞こえるしと考えていると、頬をぱんぱんに膨らませたアキを笑いながら見ていた伊勢彦が、不意に顔を上げた。

「！」

あれっ目が合っちゃった、と少し慌てる。どうしよう、と思っていると、彼は笑顔のまま「アキ」と呼んだ。

「アキ、そんなところでなにしてんだ」

なにか答えなくちゃ、でもなにを？

「なあ、アキ」

ああどうしよう、声が出ない。

「アキ」

どうしよう、伊勢くん。

「アキ」

うん。

「アキ」

――うん、聞こえてるよ、伊勢くん。

「アキ？」

「…………っ！」

ぱちりと目が開く。

「……アキ！」

まず飛び込んできたのは驚いたように目を見開いた伊勢彦の顔で、その向こうには、見覚えのない天井とカーテンレール、そして真っ白なカーテン。自分がどこにいるのか咄嗟に判らず、アキは何度も瞬きをした。

「アキ、おい、聞こえてんのか？　俺が、判るか……？」

呼びかける声は、緊張をはらんで、語尾が少し震えていた。

うん、と小さく頷きながら、アキはなんだかおかしいな、と思っていた。夢のはずなのに、さっきより、もっとリアルだ。身体は重いし空腹だし、それに、左腕がうまく動かない。視線を巡らせると、点滴の管が見えた。

「…………？」

「……アキ」

それにどうして、伊勢くんはちょっと泣いてるんだろ。

彼の目の縁には涙が溜まっていて、赤い。どうかしたのかと尋ねるため声の出し方を思い出そうとして口を開き、けほけほと咳き込む。ぱっと顔を上げた伊勢彦が「喉が渇いたか？」と尋ねてきたので首を横に振った。

「だい、じょ、ぶ」

「……おまえ」

もう半月も寝たきりだったんだぞ、と伊勢彦は少し掠れた声で言う。

「ねた……き、り？　でも、おれ」

死んだはずなんだけどな、とアキはますます怪訝な気持ちだ。伊勢彦を助けよう、と薬売りに心臓を渡して、そこで意識が途絶えたから、たしかに死んだはずだ。ということはここは、天国というやつだろうか。

「伊勢くん、天使……？」

「なに言ってんだおまえ、じゃなくて、おまえ、なんであんなこと……」

おまえの心臓で俺が助かっても、おまえが死んじまったら意味ねえだろ、と言う伊勢彦はついに、アキの胸元へ顔を伏せた。

「アホ……」

「……伊勢くん、な、泣かないで」

「泣いてねえよ、バカ」

なんだかとても、なじられている。

それでようやく、現実味が戻ってきた。どうやら自分は死なず、伊勢彦も生きているようだ。ごめんね、と返すと途端にたまらなくなり、自由に動く右手でおそるおそる、彼の髪を撫でる。指先に体温を感じると、ああ生きているという実感があって、アキも思わず泣きそうになった。

「…………っ、」

伊勢彦が、生きている。

「い……伊勢、くん、生きてる……」

「おう、生きてるよ、バカ」

「よ、よかった、ああ……伊勢くん、よかったねえ」

よかった、とアキは何度も呟いた。

「おまえ……なにがよかっただよ、全然よくねえよ」

どうせ本気で知らなかったんだろう、と伊勢彦は顔を伏せたまま、くぐもった声で言う。

「え、な、なにが？」

「おまえ、心臓が二つあったって、あいつ……千眼寺の野郎から、聞いたんだよ」

「……えっ！　な、なに、それ」

「人間の心臓と、吸血鬼の心臓」

「え……？　え？」

「おまえ、本気で死ぬつもりだっただろ！」

顔を上げた伊勢彦の目は、恨みがましい色をたたえていた。

おそらくアキが目覚めるまでのあいだ、彼はずっとこうして、毎日そばにいてくれたのだろう。もしかするとそばにいるだけでなく、延々と声をかけ続けてくれていたのかもしれない。

「あ、え……そう……えっと、あれ」

しかしそうなると、これはいったいどういうことなのだろう、という疑問が生《しょう》じる。さきほど彼が言った、「人間の心臓と、吸血鬼の心臓」というのは、いったいなんの話なのだろうか。

「俺に、心臓が、二つ？」

呟くと、伊勢彦の目には今度は、呆れが浮かぶ。

「そうだ。西洋の文献には、普通に書かれていることらしいぞ。吸血鬼には心臓が二つあるって」

「う、し……知らなかった」

「薬にされたのは吸血鬼としての心臓。で、それを取ったら、止まってた人間の心臓が動き出したんで、おまえはしばらく千眼製薬の研究室に預かられてた。俺は……運び込まれた病院のＩＣＵで、千眼寺から薬を処方されて、目が覚めた」

「ＩＣＵ……」

現場に居合わせた千眼寺の指示で、彼の息のかかった医師のいる病院へ運び込まれた伊勢彦は、集中治療室でアキの心臓を処方され、目を覚ましたのだという。

「事故で受けた怪我も治ってたよ。翌日には退院が許されたけど、事情を聞いて……おまえを引き取らせてくれって、頼みに行ったんだ」

「……薬売りに？」

「ああ」

心臓以外も薬か、もしくは実験の材料にされてしまうのかと思っていたのだが、千眼寺はあっさりとアキの身柄を伊勢彦へ渡したらしい。

「人間の心臓で生きてるおまえは、もう人間だから、だってさ。あいつらが狩るのは、人外だけなんだと」

「あ、れ……？　じゃあ俺、いま……」

「人間なんだよ」

「…………！」

　――に、人間。

　初耳も初耳、自分の身体がそんなことになっていたなどと、アキはちっとも知らなかった。与えられた情報を処理できずぽかんとしていると、伊勢彦は顔を上げて、またしても恨みがましい顔つきでこちらを睨んできた。

「おまえ……おまえの心臓から作った薬で命が助かったって言われて、俺が、どんな気持ちだったか、判るか？」

「……ごめんね」

「二度とするな」

　伊勢くんがもうあんな目に遭わないならしないよ、と返そうとしたが、彼の目の真剣さにその言葉を飲み込む。

「……うん」

　頷くと、彼は少し顔つきを和らげ、アキの胸元をぽんぽんと優しく叩く。

「ここはな、うちの医院の……昔使ってた、入院用の部屋だ。いまは外来しかやってないから、おまえ専用の個室だぞ」

「そうなんだ……」

「ああ」

伊勢彦の話を聞いているうちに、アキはなんだか段々、眠くなってきた。なんだか少し、疲れてしまったようだ。

「……伊勢くん、ごめん」

「いいよ、まだ体調が万全じゃないからな。……寝てろ」

俺もしばらくここにいるから、という伊勢彦がアキの手を握ってくれて、ようやく安心し、頷く。


数時間、眠ったのだろうか。

次に目が覚めたときにはアキは一人だったが、カーテンの向こう側からはひそひそという話し声が聞こえた。

「もう話せるのね？　……そう、よかったわ。でもそんなことがあるなんて、わたしたちも全然知らなかった。吸血鬼についてなんて、調べたりしないもの」

「でも……その色って、やっぱりアレ？」

「毎日飲んでたからねぇ……」

なんだか不思議と懐かしくも感じる、カメリアの仲間たちの声だ。響にとしえ、そして幸子。なんの話をしているんだろうと思っているうちにカーテンが開き、アキは飛び込んできた幸子の両腕でぎゅうぎゅうと抱き締められて、響が止めてくれなければ、危うくもう一度意識を失うところだった。

「あんた、自分の腕力把握しなさいよ！」

「怒鳴らないでよ響ぃ。うぁーん、でもよかったぁ。アキちゃぁん、よかったわよぉ」

としえと幸子はぎゃあぎゃあと騒ぎつつも、その目に涙を浮かべている。アキは他人事ながら、今日もばっちり塗られた幸子のマスカラやアイラインが流れてしまうのではないか、とハラハラした。

「……うん。心配かけて、ごめんね」

「アキちゃん、もう聞いた？」

自分の心臓の色のこと、ととしえに言われ、なんのことか判らず首を傾げる。すると、三人のあとから顔を出した伊勢彦が「おまえの、吸血鬼の方の心臓な。すごい色してたらしいぞ」とさらに気になる情報をつけ加えた。

「す……すごいって？」

「すっごい、ピンクだったんだって」

結局、響が教えてくれたものの、アキはぱちぱちと瞬きをした。

「……ピンク？」

「そう。可愛い可愛い、ピンク色。伊勢彦先生が……」

「そうだ。そしてそんなふざけた色の心臓を持ってる妖怪やモンスターを、わたしは他に知らない」

「！」

突然聞こえた声に、アキは目を見開く。聞き間違いでなければ、それは、

「く、薬売り！」

「ええええええ」

「こ、これがぁ？」

「……どうしてここに」

「俺が呼んだんだ」

アキが目を覚ましたら連絡するって約束だったからな、と伊勢彦が言い、薬売り、こと千眼寺も頷く。

「……ああ」

「そ、そうなの」

千眼寺の姿にも驚いたが、自分の心臓がピンクだったというのも、アキには興味深い話だった。

「なんで、ピンクだったの？　俺の心臓……」

そう尋ねると、答えてくれたのは幸子だ。

「アキちゃん、いっつもいちご牛乳、飲んでたからだよねぇ」

「え、そ……そういう？　そういうこと？」

「吸血鬼の心臓を扱ったのは初めてだが、聞いていた話とは違った。人間の血を糧《かて》として生きていた吸血鬼ならば、その心臓は赤黒く、血を凝縮《ぎょうしゅく》したような色をしているはずなのだが」

あとを引き継いだ千眼寺の説明も、アキには初耳だった。

「ええ……そうだったのか……」

「知らなかったのね」

「うん」

「普通はね、残ってた人間の方の心臓も、いつしか吸血鬼の心臓へ吸収されてしまうものなんだって。吸血鬼伝説の大元である東欧の古い本には、そう書いてあるらしいの」

響の説明にも、アキは「ほああ」としか返せない。

「アキちゃん、よかったわねぇ。ずーっと血を吸わないで、我慢してたから、人間の心臓もちゃんと残ってて、元に戻れたのよぉ。あたしなんか、それ聞いたらさぁ、もう、泣けて、泣けて……」

「……幸子さん」

「わたしもよ、アキちゃん」

「としえさん……」

「吸血鬼でも人間でも、アキちゃんはわたしたち、カメリアの占い師仲間であることには変わりないからね」

二人の言葉を引き継いだ響がそう言い、横たわったままのアキの頭を撫でてくれた。幸子とともえはそれぞれのしかかってきて、頬にぶちゅ、とキスをする。別にいやだったわけではないのだが、喉からはヒイ、という情けない声が漏れた。それを見た伊勢彦は、ぴくりと眉を動かす。

「やりすぎじゃないか？」

「やあねぇ、先生。こんなの女同士、友情のスキンシップじゃなぁい。あっ、嫉妬？」

からかう幸子に構わず、伊勢彦はベッドをぐるりと回り、アキの右側へやってきて、点滴に繋がれていない方の手を握る。その目線の先には千眼寺がおり、彼らはお互い、硬い表情でしばらく睨み合っていた。

「もういいか？」

「……ああ」

やがてそんな短い会話を交わし、千眼寺はあっさりと踵を返したかと思うと部屋を出て行ってしまう。

「あらぁ、彼もう帰っちゃうのぉ？」

「確認に来ただけだからな」

「あ、確認って、俺の？」

訊けば、伊勢彦は頷いた。

「ああ。……不測の事態だったとはいえ、自分とこの研究所だか実験室だかで心臓を摘出した吸血鬼が人間に戻ったんで、目が覚めるまでを見届けるのが義務だとか言って」

そもそも俺はあいつがおまえの心臓を薬にしたことには納得してねえんだけどな、と伊勢彦はぶつぶつ言ったが、結果的にはその行動によって自分の命を救われ、さらにアキが人間に戻ったというのもまた事実であり、複雑な心境のようだ。

「どうもあの目が苦手なんだよな……」

もしかすると単に、伊勢彦とは合わないタイプなのかもしれない。

彼から検温と簡単な問診を受けたあと、看護師である須藤と佐伯がやってきた。佐伯はさっそく、アキの腕から点滴の針を外す。

「あ、あ、ありがとう……」

無表情のままこくりと頷く佐伯と、これまた無言で検温の結果をボードに書き込む須藤を見た響が、アキの耳元で「……妖怪？」と尋ねる。

「ち、違うよ」

「ね？　やっぱ響もそう思うわよねぇ」

「え、やだ違うの？」

「違うんだってさぁ」

カメリア、つまり人外勢のひそひそとした会話には一瞥《いちべつ》もくれず、須藤と佐伯は黙々と彼女らの仕事を終え、病室を出て行った。

「……さて。あんまり長居してもなんだし、わたしたちもそろそろ行きましょうか」

響がそう言って幸子の肩に手をかける。

「そうねぇ。アキちゃん、お大事にね。ブラッディ・メアリー先生の復帰、ずっと待ってるからねぇ」

それを受けて、としえが伊勢彦を見た。

「……伊勢彦先生」

「な、なんだよ」

「アキちゃんのこと、くれぐれも……よろしくお願いしますね」

「泣かしたら、泣かすわよぉ」

ここぞとばかりに目と口をくわっと開き、おどろおどろしい妖気を放った三人を前に、伊勢彦は渋面を作った。

「誰がいつ……いや、判った。判ったからその顔、やめてくれ」

花束にフルーツバスケット、雑誌を数冊という見舞い品の手本のようなラインナップを残し、響たちが帰るのを見送ったあと、彼は小声で「あん中で一番威圧感があるのは古南さんだな」と呟いた。

「としえさん、ぬりかべだからね……」

好きな人は押しつぶしたくなるって言ってたよ、と教えてやると、彼は「どんな恋愛観だよ」と苦笑する。

「それよりアキ、腹減ってるんじゃないか？　目が覚めたばっかりだから重いもんは無理だろうけど……粥とか、食べてみるか？」

「……お粥？　いちご牛乳じゃなくて？」

「それもいいけど、吸血鬼じゃなくなったんだ。味覚、戻ってるかもしれないぞ」

「あ……そ、そうか」

ちょっと待ってろ、といなくなった伊勢彦は、やがて粥といちご牛乳のパックをトレイに載せて戻ってきた。わざわざ作ってくれたようだ。スプーンに掬われ、ふうふうと息を吹きかけて冷まされた粥が、アキの口元へと運ばれてくる。

「い、いただきます」

「おう」

ぱくりと口へ含んだそれは、まだ少し熱かった。

「…………！」

舌の上に、甘みが広がる。

飲み慣れたいちご牛乳のそれとは違う、煮込んだ米の、滋養《じよう》の甘み。ほんの僅かに感じる塩味が、ますますそれを引き立てていた。咀嚼したのちに飲み込んで、アキはほう、とため息をつく。

「……美味しい」

呟いた途端、眼球の奥に熱を感じた。あっいけない、と思うそばから涙の粒が膨れ上がり、目のふちから溢れ出る。

「お……美味しい。美味しいよ、伊勢くん……っ」

じいん、と身体の中に、おかゆの味と温度が染み渡っていく。それと同時に、ああ俺は人間に戻ったんだ、という実感が襲ってきて、涙が止まらなくなってしまった。本当に長いあいだ、諦めていたことが急に叶って、どうすればいいのか判らない。

「そうか。よかったな」

まだあるからいっぱい食え、と器をアキに手渡した伊勢彦は、その代わりにティッシュで、濡れた頰を拭いてくれた。

「うっ……うえ、ひっ……」

「泣くか食べるか。どっちかにしろ」

「ご……ごめっ、うう……」

「しょうがねえなあ、おまえ」

「う、う」

美味しい、美味しいと泣きながら、アキはスプーンを口へと運ぶ。苦笑されつつ粥を食べ終えると、身体中がぽかぽかと温かくなっていた。ピンク色のパックにストローを差して貰い、いちご牛乳も飲む。

「はあ、やっぱり美味しい」

「そりゃ、心臓がこんな色になるくらいの好物だからな」

伊勢彦が笑って、ぱちんと紙パックを弾く。なんだか元気になったような気がすると言うと、彼は空の器を持って立ち上がった。

「よし。じゃ、もう少し寝てな」

「え……」

もう大丈夫だよと訴えたものの、彼に髪を撫でられるとすぐに目蓋が重くなり、アキはまたつかの間、眠りの中を漂った。

ゆらゆら、ゆらゆら。

「……？」

身体が揺れている気がして目を開けると、アキはシーツに包まれたまま伊勢彦に抱き上げられて、どこかへ運ばれていく途中だった。

「あれ、俺……？」

「おう、起きたか」

「どこ、行くの？」

「ん？　俺んち」

もう点滴も取れたし、俺もそろそろ自分のベッドで寝たいしなという伊勢彦の台詞で、アキは初めて彼が、自分の寝ているあいだずっとあの部屋で寝起きしてくれていたことを知った。

「ベッド、一個しかなかったのに、どうやって寝てたの」

「ん？　ああ、床に母屋から運んだ客用布団、敷いてた。夏でよかったよな」

「そうなんだ……」

いつ目を覚ましても、いいように。きっとそんな風に考えてくれていたのだろうというのが判って、アキは頬が熱くなるのを感じた。見られるのがなんとなく恥ずかしくて、伊勢彦の胸元に顔を寄せる。

「………」

そういえば、事故だの心臓だのの話でうやむやになっていたが、伊勢彦はまだ自分のことを好きだと思ってくれているのだろうか。こうしてみると、まともな返事もせず逃げてそのままだから、どんな態度で接していいやら判らない。

無口になったアキに気づいているのかどうか、母屋へ戻った伊勢彦は暗いリビングを通りすぎて、畳の部屋へ入った。

照明をつけると、そこには布団が敷いてある。

「おまえ、アパートでいつも畳に布団で寝てたろ。ベッドよりこっちの方が落ち着くかと思って、敷いといた。今日はここで寝ろよ」

「あ、ありがとう」

「……しばらく、いてくれていいから。必要なもんがあれば、言ってくれればアパートまで俺が取りに行く」

「え、で、でも、俺」

自分で取りに行けるよ、と言うアキの身体にタオルケットを被せながら、伊勢彦は「アホ」と笑った。

「おまえはまだ療養中だ。安静にしてろ」

「療養……」

「医者の言うことは聞いて貰うぞ」

「……うん」

「よし」

腹減ってないか、と訊かれて首を振る。空腹は感じなかった。その代わりというわけではないが、アキは腕を伸ばし、伊勢彦の服の裾を掴んだ。

「…………」

「どうした」

言わなくては、と思った。いったいどのタイミングで打ち明けたらいいのかと考えてみたものの、難しいことは判らないし、経験のないことはもっと判らない。それなら言えるときに勇気を出すべきだ、と。

「伊勢くん」

もしも、まだ間に合うなら、受け止めて貰えるなら。

「俺、あの」

これだけは。

「……い、伊勢くんのこと」

ちゃんと顔を見て言おうと思っていたけれど、直前で怖くなってしまい、アキはぎゅっと目を閉じる。そうして大きく息を吸った。

「好きなんだ」

「…………」

しんと一瞬沈黙が下りて、アキはとてつもなく大きな不安の中へ陥りそうになる。けれどその前に、伊勢彦が口を開いた。

「ああ、知ってる」

「……えっ？」

「知ってた。すげえ懐いてくれてたのも。でもおまえのは、俺のとは、違うんだよな。安心しろよ、もういきなり……キスとか、しないから」

彼と、目が合わない。それにその口調も、ともすれば早口になってしまいそうなところを、無理に落ち着かせているような気配があった。

「だからまあ、そういうことは気にせず、いてくれていい」

「伊勢くん……ち、違うよ」

なにか勘違いをしているらしい伊勢彦がそのまま立ち上がって行ってしまいそうで、アキは思わず手を伸ばし、その白衣の袖口を掴む。

「俺も、俺も同じなんだ。伊勢くんと、たぶん。だから……き、キスして貰えたとき、すごく嬉しかった」

「……アキ」

「で、でも俺、きゅ……吸血鬼だった、から」

それに男だし、伊勢くんとずっと一緒にはいられないって思って、と続けるアキを、伊勢彦は驚いた表情で見ていた。

「アキ、無理する必要なんか……」

「無理じゃないよ！　だって俺……あの、伊勢くんの匂いがすごくいい匂いで」

慌てて身体を起こす。すると彼は驚きの中に怪訝な色を浮かべ、「匂い!?」と言った。

「う、うん」

「俺の？　……どんな匂いだ」

ひそめられた眉とやけに低い声に問いつめられて、アキはうろ、と目を泳がせる。

「えっと、あの……すごく甘くて、いちご牛乳みたいにいい匂いだよ。それで俺、気づいたとき、身体が変になって……」

「変って……どんな風に」

「あ、あの、えっと、き、嫌いにならないでね。身体が……すごく熱くて、その、触ってたら、我慢できなくて、それで、自分で」

「………」

「あ、あと俺、ちょっと変みたいで、伊勢くんにその、叱られるっていうか、なんかこう、少しなじられると、興奮するんん……だよね……」

どうして俺はいまこんなことを告白しているんだろう、と言い終えたあとで気づき、いたたまれなくなったアキは伊勢彦の袖口を離してタオルケットを引き上げ、ふたたび横になろうとした。だが、ぐい、と肩を抱き寄せた伊勢彦の手に、阻止されてしまう。

「あ、」

頬が熱くて目を閉じた次の瞬間、唇に吐息を感じた。

そのまま柔らかいものが押しつけられて、消毒液と薬の匂いが鼻腔を掠めたあと、ふわりと甘い匂いに包まれる。それはまだ吸血鬼だった頃、伊勢彦からしていたあの匂いとは少し違っていて、けれど同じくらい、魅力的なものだった。

「……ん、ん」

伊勢くんの匂いだ。

そう思った途端、カッと身体が熱くなる。唇が震えたのに気づかれたのかどうか、そっと撫でるように触れた熱いものはたぶん、舌先だ。

ぬるりと侵入してきたそれにどう反応していいか判らないアキの舌を、伊勢彦がきゅっと吸い上げる。

「…………っ！」

たったそれだけでも、頭の中が真っ白になってしまいそうだった。首筋にぞくぞくとした疼きが走り、全身から力が抜ける。

このまま——伊勢彦とキスをしたままふにゃふにゃに蕩《とろ》けて、かたちがなくなってしまいそうな気がした。くたりとしたアキの前髪を大きな手のひらがかき上げて、額に触れ、そこを優しく撫でていく。

なんだか、なにをされても気持ちがよくて、アキは絡ませた舌に甘く歯を立てた。

「……っふ、あ……」

「……アキ」

キスの隙間に囁かれた伊勢彦の声は聞いたことがないくらい色っぽく掠れて、上擦っている。

「アキ、頼む、ダメなら」

「だ、ダメ、じゃない」

離れていきそうになる伊勢彦を引き止めたくて両腕を伸ばし、必死でしがみつく。畳の上に片膝をついていた彼はバランスを崩し、二人はそのまま布団の上に倒れ込んだ。

「うわ、おまえ」

「ダメじゃない。……から、もっとして」

「！」

「い、伊勢くんと……したい。キスも、キスじゃないことも、なんでも……俺、そ、そういうの、誰とも……したことないから、へ、変かも、しれないけど」

経験がなくとも、怖いとは思わなかった。

伊勢彦は、自分を傷つけるようなことはしない。それに、アキは自分の中に、生々しい欲望があるのを知っていた。伊勢彦に触りたいし、触って欲しい。手のひらだけじゃなく、その体温を感じたい。

「……っ、くそ」

頼むから煽《あお》るな、と苦しげに呟いた伊勢彦の手が、頬に触れる。大きな手で覆うようにしてそこを撫でられ、目を細める。

気持ちいい。伊勢くんの手は、どうしてこんなに気持がいいんだろう。

「無茶しそうで、怖えんだよ」

「いいのに……」

「アホ」

そういうことはもっと肉つけてから言え、と眉を寄せた伊勢彦は、だがそのままキスをしてきた。嬉しくなって、アキは自分から舌を差し出す。

「……ん、ん」

お互いの胸元に手を這わせ、衣服を脱がし合う。手順なんてこれっぽっちも判らないけれど、伊勢彦がすることを真似した。

「……っは、ぁ」

頬から首元、胸、そして脇腹まで撫で下ろされて、ため息のような声が漏れる。

「……アキ」

「うん」

のしかかってくる身体を受け止めようと両腕を広げ、その背中を抱きしめる。伊勢彦は鼻先をアキの首元に埋め、「おまえも、いい匂いがする」と言った。

「人間に戻る前から。……なんでか、日向みたいな匂いがしてた」

「俺、日に……当たれ、なかったのに？　なんでだろ」

変だね、と笑うアキに、彼も「そうだな」と笑う。

「触っていいか？」

「……うん」

裾の長いシャツワンピースのような入院着はボタンをすべて外されて、アキの身体を隠しているのは下着だけだ。布の上から伊勢彦に触られた途端、ひくっと腰が揺れて恥ずかしかった。

「んっ、」

反射的に足を閉じそうになって、唇を噛む。彼の手が動きやすいようにと思うけれど、自分から開くことはできそうになかった。膝を割られ、両足のあいだに伊勢彦が入ってきてしまうと、逆にホッとする。

「……あっ、あ」

やんわりと反応を探るようだった手つきは次第に大胆になり、やがて下着の中へと入ってきた。長く、そして医者らしく器用に動く指は、すでに反応して勃ち上がっているアキの性器にゆるく絡み、ゆっくりと動く。

「あ……っ、」

当たり前のことなのかもしれないが、自分で慰めたときとはまったく違う鮮烈な感覚に、思わずぎゅっと目を閉じた。

伊勢彦が手を動かすたび、腰が浮き上がってひくひくと揺れてしまうのが、本当に恥ずかしい。アキはしがみついた腕に力を籠めたが、彼はお構いなしに耳元へ唇を寄せ、そこへキスをしてきた。

「……アキ」

「……っ！」

吹き込むようにして名前を呼ばれ、ぞくぞくっ、と背筋が疼く。身体がどうにかなってしまったのではないかと思うほど、神経が過敏になっているのが判った。

「い、伊勢くん」

俺やっぱり変、と訴えるアキに、伊勢彦は低く笑って「そりゃよかった」と言った。なにがよかったのか上手く理解できずにいるうち、いつの間にか濡れていた先端を指で撫でられ、また声を上げる。

「あっ！　あ、はっ」

「……気持ちいいか？」

「ん……っ、」

こくこくと頷くと、伊勢彦は「よかった」ともう一度呟いて、さっきより少し強めにそこを愛撫した。

「あ、あ……」

開いた膝が跳ねる。顔だけでなく、全身が熱くてどうしようもない。

伊勢彦にも同じことを返したいと思ったけれど、アキの手は結局、震えながらその肩と背中に縋ったままだ。耳元にキスをしていた彼の唇は首筋、顎先にも触れて、それからまた口同士のキスをする。

「……っ、ん、ん！」

歯列を割って侵入してきた舌に絡め取られて、さっき自分がしたように甘くそこへ噛みつかれた途端、痺れるような快楽が突き抜けて、アキは背すじをしならせた。

「…………っ、」

ぶるりと腰が痙攣して、まるで彼の手に股間を押しつけるような格好になり、また顔が熱くなる。どうしようどうしようと混乱しているうちに、伊勢彦はキスをやめ、喉元、鎖骨へと順番に移動していく。

胸元、心臓の上にもキスが落ちて、アキはくしゃりと顔を歪めた。

誰かに身体を触られるのも初めてなら、そんな場所にキスをされたのも初めてで、どうしたらいいのか判らないのだ。

伊勢彦は下腹部や臍《へそ》の穴にもキスをして、やがてとんでもない場所にも唇を押し当てた。

「な……っ、なに？　なんで？」

「なにが？」

「あ、だ、だって、そんなとこ」

口でなんて、と慌てて起き上がろうとするアキの太腿、内側にもキスをして、彼はまた少し笑ったようだった。

「あ、あ……っ！」

熱く、濡れた感触に包まれて甘い声を上げる。

ぬるりとした舌が敏感になった先端や幹を舐め上げるたび、手でされるのとはまったく違った気持ちよさに襲われて、無意識に腰を悶えさせた。

「……っひ、あ、あっ、あう」

その上、自分の喘ぐ声の合間に卑猥《ひわい》な水音が聞こえてしまい、さらに羞恥心を煽られたアキは、長くは持たなかった。

「…………っ、っ！」

まとわりついた唾液と共に性器をずるずるとすすり上げるようにされて、ひとたまりもなく伊勢彦の口の中に射精する。自分でしたときよりもずっとその瞬間の快感が強く、アキは数秒のあいだ、声を出せなかった。

「……っ……」

「……大丈夫か」

「あ、あ……」

目元に浮かんだ涙を、伊勢彦がキスで拭い取ってくれる。

「ごめんな」

どうして謝られたのか判らずぱちりと瞬きをするアキに対し、伊勢彦はなぜか少しばつが悪そうに、「ここで止めてやれりゃいいんだが」と言った。

「俺も自分で思ってたより、人間ができてねえな……」

「なん……の、こと？」

「抱かせてくれ」

「！」

その申し出に目を見開く。抱かせてくれという言葉の意味はよく判らないが、つまりキスや手を繋ぐ、以上のなにかがしたい、ということなのだろう。そしてそれはきっと、本当に好きで、特別な相手にしか、しないことなのだ。断る理由はない、と思えた。

「お、俺、は……伊勢くんと、できるなら、嬉しいから。俺も、伊勢くんのしたいこと、なんだってして欲しいよ」

少々怖いけれど、それが本音だ。

「……そうか」

うん、と頷くアキにふたたび口づけた伊勢彦は、今度はほとんど性器には触れず、さっきよりも丹念にアキの身体中に触れ、感じる場所を次々に探っていった。

「は……あっ、あ」

自分の指の股や薬指の先がこんなにも気持ちのいいものだとは、百五十年生きてきて、初めて知った。

もっともアキを驚かせたのは彼の指先で押しつぶされた乳首で、そうされるまで存在さえ忘れていたようなその場所が、まるで快楽のスイッチでもあるかのように固くしこって敏感になり、軽く撫でられただけでも声が漏れてしまう。

「あ、あっ、伊勢くっ、ん……そ、それ、や」

「いや？」

「…………っ」

いやなら止める、と囁かれて首を横に振る。どうしていいのか判らないだけで、本当に止めて欲しいわけではないのだ。間近でアキの表情を見ている伊勢彦は「そうか」と安心したように呟いて、しこったそこに唇を寄せた。

「あっ！　あー……」

舌で舐められたあときゅっと吸われて、じん、と甘い電流が走る。反対側の乳首は指でくにくにと弄られて、腰が跳ねる。その拍子に、ふたたび勃起している性器の先端がじわりと濡れるのを感じた。

「……っ、ん」

はあはあと乱れる呼吸が少し恥ずかしくて、さっき伊勢彦にも愛撫された指を口元へ押し当て、軽く曲げた関節に歯を立てる。多少の力を籠めただけでは、痛みなど感じられないほど高揚しているのをそうして知った。

「ふ……あ、んっ」

さきほどのように射精するほどの決定的な快楽は与えられず、じわじわと身体の中に熱が溜まり続けている。内側から炙られるような感覚に喘ぎ首を振っても、伊勢彦は許してはくれなかった。乳首を丁寧に愛されたあとは脇腹、そして臍の穴、足のつけ根、性器に触れないギリギリの場所も舌と唇で愛撫されて、アキは後半、もどかしさで涙が滲んだ。

気持ちいいのに、身体がつらい。止めて欲しいわけではないが、いつまでこの甘い責め苦に耐えれば解放されるのか判らないまま、呼吸だけが不規則に乱れていく。

唾液でべたべたになった指を噛んでいるのを見つかって「傷になる」と諭され、その代わりにまたキスをされた。

「ん、んっ……はぁっ、はっ、あぁ」

「アキ」

「ん、んっ！」

射精できないせいか、精液とは違うなにかでびしょびしょに濡れてしまった性器の根本を伊勢彦が指でなぞる。待ち望んでいた刺激の一端に、腰が浅ましく揺れた。けれど彼の指はそこからさらに奥へと進み、アキの足のあいだへと入っていった。

「痛かったら、言ってくれ」

「え、え……っ？　あっ？」

どうしてそんなとこ触るの、と驚くアキに構わず、伊勢彦はきゅっと窄《すぼ》まったそこを確認するように指を動かす。

「い、伊勢く……っ、あ」

指の先端を含まされたとき、生じたのは痛みではなく圧迫感だった。

外側から押し広げられたことなどないそこへ、伊勢彦の指が入ってくる。そうか、俺は女の子じゃないからそこに入れるのか、となけなしの性の知識を動員させて考えているうちに、いったん指を抜いた伊勢彦が不穏な動きをした。

「あ、えっ」

アキの両膝が胸につくほど抱え上げ、さっきまで指で探っていたそこにいきなり口をつけたのだ。

「……っ！　や、やだ、伊勢くん！」

なにをされてもいいと思っていたが、それはさすがにどうなのか。声を上げたアキに構わず、彼はあろうことか、そこへ舌先を差し込んできた。

「伊勢くん！　伊勢くん！　だ、だめ、だめだよ、汚いから」

「汚くねえよ。……なに言ってんだ、バカ」

心臓だけじゃなく身体中、どこもかしこもピンクだ、おまえなんか、と伊勢彦が笑う。

「可愛くて腹が立つのなんて、俺も初めてだけどな」

「だって……あっ、あ、だって、そんなあ」

「抱かせろって言ったろ」

「あ、うあ、あ」

「アキ」

伊勢彦がやけに優しい声で呼ぶものだから、それ以上、反論できなくなってしまった。

「……っ、んっ」

たっぷりと唾液で濡らされたそこへ、ふたたび指が押し入ってくる。

何度も小さく出し入れを繰り返しながら、根本まで埋め込まれた中指だけでも中がいっぱいになってしまったような錯覚があったのに、伊勢彦はもう一本、そしてもう一本と、時間をかけて本数を増やしていった。

「はぁ……あっ、あ、はぅ……」

「アキ、」

平気か、とその目が尋ねているのが判って、こくこくと頷く。

実際のところ本当に平気かどうかなど知りようがなかったが、とりあえず耐えられないほどの痛みはない。吸血鬼の身体は怪我をしてもすぐに治っていたので、怪我に対してはあまり恐怖心がないのだ。

それよりもずっと、伊勢彦と繋がりたかった。絶対に手が届かないと思っていた相手のものになれるなら、身体が痛もうが構わない。

「……伊勢くん」

「ああ」

入れてもいいよと言葉にはしなかったが、アキの意思は伝わったようだ。伊勢彦はまだ穿いたままだったジーンズの前を寛げ、顔をしかめる。

「な、なに……？」

「いや、勃ちすぎて……」

ごめんな、と謝られてなんのことか理解できなかったアキも、いざ指を抜かれ、代わりに押し当てられたものの大きさに少し驚いた。

「力、抜いててくれ」

「……ん、」

そう言われても、具体的にどうしたら伊勢彦の都合がいいようにできるのかさっぱり判らない。困っているアキに気づいたのか、彼は「息吸って、ゆっくり。で、ゆっくり吐く」と教えてくれた。

「吸って、吐いて、そう」

律儀《りちぎ》にその通りにしていると、息を吐く途中でそこに力が加わり、伊勢彦が入ってくる。

「は……っ、あ、あ」

「……っ、呼吸、」

止めんな、と促されて口を開け、必死で呼吸する。それを励ますように、伊勢彦はアキの顔のあちこちへキスをした。

「はぁっ……あぁ、はあ」

「アキ」

挿入を試みている伊勢彦も、苦しげだ。よく知らないけれど、こういうときの衝動を抑えて慎重にするというのはかなり大変なことではないのだろうか、と思うものの、アキにも余裕がない。

「あ……あっ、あ、伊勢くん」

もっとも太い部分が飲み込まれたあと、ずるりと半ばまで伊勢彦の性器を受け入れたアキは、その深さに少し怖くなる。丁寧に馴らされたせいか痛みはほとんどなかったものの、圧迫感が大きい。

「いせく……っ」

「……アキ」

それなのに名前を呼ばれ、髪を撫でられると、途端に「大丈夫」と思ってしまうから不思議だ。相手が伊勢彦だから、俺は大丈夫という揺るぎない信頼と安心感があって、アキはまたゆっくりと息を吐く。

「あ、あ」

さらに深い場所へと熱の塊が入ってくる。それが伊勢彦のものだと思うだけで、一度萎えかけたアキの性器はまた上を向き始めた。

「はぁっ、はぁっ、あ、あう！」

仕上げのようにぐい、と腰を突き上げられて、耐え切れず声が漏れる。

「……全部、これで」

「うん……っ」

入った、とため息のように告げられて頷く。アキ、ともう一度名前を呼ばれると、なぜか涙が滲んだ。

「……アキ」

「伊勢くん」

二人で一つの心臓を共有しているようだ、と思った。そのくらい、お互いの鼓動が一致しているのが判る。繋がるってこういうことかあ、とやけにのんきな感想が脳裏をよぎり、アキは息苦しいほどの幸福感を覚えた。

「苦しいのか?」

「…………っ、」

そうだけどそうじゃなくて、大丈夫なんだよと伝えたかったが、声にならない。伊勢彦は困ったように笑ってまた「ごめんな」と謝ってきた。たまらなくて、その首を抱き寄せ、自分からキスをする。

合わせた唇の隙間でまた「アキ」と名前を呼ばれた。

「ん……っ、ん、んう」

ゆっくりと動き出す。

最奥を占有していた大きさがずるりと引き出され、絡む粘膜を擦り上げてふたたび奥まで戻ってくる。その繰り返しをしているうち、アキは自分の身体の中にそれまでとは違う

感覚が生まれるのを感じた。

「……んっ、ん」

それは直接擦られている粘膜を隔てた内側にあって、伊勢彦の性器が通過するたび、乳首を愛撫されていたときと同じか、もっと強い電流のようなものを生み出している。

「はっ……あっ？　んんっ」

あれこれってなんだろ、俺どうしたんだろ、と戸惑っているうちにその感覚は大きくなり、その場所を刺激されるたび、びくびくと腰が跳ね、下腹部にきゅっと力が入り、中を締めつけてしまうようになった。

「い、いせくん」

「……ん？」

「なんか」

俺、変だよと言ってみたものの、行為の初めから繰り返し訴えていたせいかまともに取り合って貰えず「どこが」としか返ってこない。

「だって、あ、あっ？」

そのうちに高い声が上がるようになり、伊勢彦も気づいたのか、例の場所を刺激できる角度で腰を使ってくる。ぎりぎりまで引き抜いた性器がさっきよりも乱暴に突き入れられたとき、アキはそこが明確に快楽を拾っていることを知った。

そうして一度「気持ちがいい場所」と認識してしまうと、あとはもう、どうしようもなかった。

「……あっ、あ、だめ、だめ、あっ」

「……そうか」

なにが「そうか」なのか、返答はくれたものの、「だめ」という訴えに対して止まってくれるつもりはないらしい伊勢彦が腰を使いながら、アキのあちこちにキスをする。耳元、顎先、首筋、そして胸元。

「あ……っ！　あぁっ、あ、あ」

きゅっと小さな乳首を吸い上げられて、アキはびくびくと身体を痙攣させた。

「あ……ぁっ、」

まともなことはなにも考えられなくなって、揺さぶられながら喘ぎ、悲しくもないのに涙が溢れてくる。受け入れている場所は馴れてきているはずなのに、伊勢彦の性器は、最初に挿入したときよりも大きくなったように感じられた。

「ふぁ、あっ、あう、だめ、いせく……っ、伊勢、くんっ、も、いっぱい、俺」

いっぱいだから、と訴えるが、アキは自分でも、どうして欲しいのか判っていなかった。

とにかく腹まで伊勢彦に占領されたような気分で、身体はどこもかしこも熱く、感じる場所にキスをされながら突き上げられるたび、もうこれ以上無理だと思っているはずの快感が倍に増していく。

「あ、あ、あっ」

――気持ちいい。怖い。でもやっぱり、気持ちいい。どうしよう。

なにより伊勢彦が、アキと同じように息を乱し、快感に眉を寄せているのを見るのは嬉しかった。

「伊勢くん……っ、いせく、伊勢くん」

「……アキ」

どうしたらいいんだろう。

どうしたらこんなに気持ちよくて、怖くて、だけどもう、大声で泣きたいくらいに幸せだって、伝わるんだろう。惑乱しているアキにできたことは、伊勢彦の頭をもう一度引き寄せて、キスをすることくらいだった。

「……んっ、んん」

けれどそれで、十分だったのかもしれない。

「あ……あっ、ひあ、」

アキの足を肩へ担ぎ上げた伊勢彦が、さっきよりも激しく中を突いてくる。アキはすでに意味のある言葉さえ発せず、ただ揺さぶられ、与えられる快感に泣いた。

「……アキ、アキ」

ひときわ深い場所へ留まってそこをかき混ぜるようにしていた性器がまた抜けていき、物足りなさに声を漏らした次の瞬間、もう一度突き入れられる。中がいっぱいに押し広げられる感覚に加え、例の場所が擦られて、気がついたときには射精していた。

「……っ、……っ、」

下腹部に、温かい涙のような精液が散る。

目の前が真っ白になって、自分がどこにいるのかも判らなかったアキの中で、伊勢彦も達したようだった。

「………っ！」

勢いよく逆流した精液が内股を濡らすのを感じた。

「あ……」

ほかでもない伊勢彦が自分の身体に欲情して、中へ出したのだということが判った途端、アキはもう一度達したような感覚に陥った。

「……は……あ……」

脱力し、のしかかってくる汗まみれの身体を、全身で抱きとめる。どくどくと脈打つお互いの心臓はまだ、完璧に同じリズムを刻んでいた。

どのくらい、重なりあったままでいただろうか。

アキとしては朝までこのままでも構わなかったのだが、しばらくすると伊勢彦は身体を起こし、アキを抱き上げて風呂場まで運び、シャワーを浴びさせてくれた。

「……どこか痛いところ、ないか？」

「大丈夫」

「本当に？」

「うん」

そう答えたもののやはり体力の消耗は激しく、覚束《おぼつか》ない足取りのアキに、彼は眉尻を下げる。

「悪い、やっぱり無茶しちまった……」

もう一度入院着を着せて貰ったあと謝られたが、アキは「謝らないでよ伊勢くん」と抱きついて言った。

「俺……これで、伊勢くんのものだね」

「……そうだな、そうだといいな」

「えへへ」

神妙《しんみょう》な顔で頷いてくれるのを見て、思わず笑う。

身体中、特に腰から下はだるいが、それよりも伊勢彦と一緒にいられることの方がアキには重要で、嬉しい。二人は同じ布団に横たわって抱き合い、タオルケットの下で足を絡めた。

「伊勢くん」

「ん？」

「今日、目が覚める前、すごくいい夢見たよ」

「どんな」

「俺、伊勢くんと暮らしてた」

「ここで？」

「うん」

頷くと、彼は「じゃ、そうしろ」と言った。

「体調が戻ったら、引っ越してくりゃいい。手伝ってやるよ」

「……いいの？」

「当たり前だろ」

そう答えた伊勢彦はそのあとで気を取り直したようにアキの手を取り、やけに真面目な顔で手の甲にキスをして「俺とずっと暮らしてくれ」と言った。

「わ、わあ、なんか、それって、アレだね」

「なんだよ」

「ぷ、プロポーズみたい、だね」

「みたいじゃなくてそうなんだよ。アホ」

「えええ」

そんなまさか、と顔を真っ赤にしたアキに、伊勢彦は眉を下げて笑う。

「……答えは？」

「も、もちろん、もちろん！　はい！」

「よかった」

伊勢彦はそう言って、「見合い、断り続けた甲斐があった」と続けた。

「そういえば、あの……あのとき、お見合い、断ったの？」

「ああ。好きなやつがいるのに、結婚を前提としたおつき合いなんてできねえだろ。ちゃんと説明して、丁重にお断りした」

「……八重歯、あったら考えた？」

冗談半分、本気半分でそう尋ねると、伊勢彦は怪訝な顔をする。

「八重歯？　……ちょっと待て、誰から聞いた？」

「えっと、佐伯さんと須藤さん。あの日、ほてい屋で会ったの」

あれ、俺別に口止めされてなかったよな、と言ってしまったあとで考えたが、たぶん大丈夫だろう。

「……あの二人か……」

母親がいなくなってからかなり面倒見て貰ったからな、と伊勢彦は渋い表情で言った。

「そうなんだ」

「頭が上がらない」

「ふふ」

二人もいるしね、とアキも笑う。伊勢彦はその笑顔を見て表情を変え「とにかく」と小さく咳払いした。

「おまえがいれば、それでいいよ、俺は」

「うん……」

「一緒に寝て起きて飯食って、休みの日にはどっか、遊びに行こうぜ。上野でもいいし、他のところでもいい。行きたいとこ、どうせまだあんだろ」

「……うん」

頷く額にキスをされて、アキは胸がいっぱいになってしまった。

「あっ、でも、伊勢くん病院、どうする？　俺、子供、産めないよ。将来伊勢くんがおじいちゃんになって、そのあと、ここがなくなったら、みんな困るよね」

「なんだおまえ、そんなこと考えてんのか。心配すんな、医者ならよそから連れてくりゃいい。子供が欲しけりゃ、養子取ってもいいしな」

「……子供……！」

咄嗟に想像するのは難しかったが、伊勢彦と子供を育てるというのはとても魅力的なことに思えた。

「欲しい。俺、伊勢くんと子供、育てたい、できるのかな？　そんなこと」

「さあな。養子縁組のケースワーカーやってる知り合いがいるから、聞いておいてやるよ。男所帯じゃ難しいかもしれないけど、まあでも、そういうの、これから色々変わっていくだろうしな」

「はあ……」

あまりにも夢のようなことばかり次々に起きて、頭の中が飽和しそうなアキの髪を撫で、彼は「まあ、あと何年かしたらな」と言う。

「何年か？　どうして？」

「おまえ、少しは俺におまえを独占させろ」

「あ……」

苦笑されて、また頬が熱くなった。

「わ、判った」

「うん」

抱き寄せられて、その胸に顔を埋める。

ほんの二ヶ月ほど前には考えられなかったような、幸福な時間の中にいる。そのことをまだ独りぼっちだった頃の自分に教えてあげたい、と思った。

「俺、忘れっぽいから。すぐ、忘れちゃう……でも、覚えてたいよ」

伊勢彦と出会ってからこれまでのことを、なに一つ忘れたくない。そう呟くと、彼はアキを抱く腕に力を籠めた。

「……俺が覚えといてやるよ、全部」

「ぜんぶ?」

「ああ。うちのアパートの店子に、人間の血を吸わない吸血鬼がいたこと。その吸血鬼の心臓はピンク色で、俺はそれに救われたってこと。な?」

「……えへへ」

「アキ」

名前を呼ばれ、うん、と頷く。

「伊勢くん」

ありがとう、伊勢くん、大好きだよ。

そう呟くと、彼の手のひらが優しく後頭部を撫でた。

「……俺も、好きだ。アキ」

「……で、いまはさんまにハマってる、と」

「こないだまではなんだっけ？　納豆と肉じゃがだっけ」

「そうそう、それでその前はえっとぉ、ポテトサラダじゃなかったぁ、たしか」

「美味しいんだよ」

「知ってるわよ」

占いの館「カメリア」の控え室、その小上がりでちゃぶ台を囲み、占い師四人が話しているのは、アキと伊勢彦の食卓についてだ。

「だからって、毎日それっていうのも……」

「飽きたりしないの」

「しない」

だって美味しいもの、とアキはにこにこと主張する。

「でも、なんていうの？　ほら、せっかく色んな食材があるんだし、一日三十品目とか目指すのも大切だって言われているし」

「ダメよ響、この子、百五十年いちご牛乳だけでしのいできた子よ」

「えっでもぉ、百五十年前にそんなのあったぁ？」

「……それもそうね」

「でしょ？　ねぇアキちゃんさぁ、いちご牛乳ちゃんと奇跡の出会いを果たす前は、なにで空腹をしのいでたのぉ？」

　尋ねられ、アキはかつて、いちご牛乳のなかった暗黒の時代を思い出して俯いた。野良犬のように残飯を漁《あさ》っていたことは、もう忘れたい。バイトができるようになり、なけなしの金をはたいて買ったパンや弁当を食べても味がなく、そのたびに落胆し、砂を噛むような生活。日常的に襲ってくる、空腹によるめまい。本当につらかった。そんなアキを見て、としえが「ちょっと幸子」と咎《とが》める。

「しょんぼりしちゃったじゃないの」

「デリカシーの問題だわ」

「えっ、ご、ごめぇん、あたし訊いちゃいけないこと訊いたぁ!?　思い出さなくていいわアキちゃん、ほらっ、今日の晩御飯、さんまなんでしょ？」

「明日のお昼もさんまなんでしょ？」

「ていうか、今日のお昼も昨日の夕食もさんまだったんでしょ」

「そう！」

口々に言われ、アキはぱっと笑顔になった。いつだって、美味しいものの味を思い出すだけで幸せな気持ちになれる。人間に戻って味覚が正常化されたこともあり、食べるものすべてが素晴らしい味で、毎日がバラ色なのだ。

「それに伊勢くんと食べると、なんでも美味しいんだよ」

目が覚めたあと、伊勢彦の勧めもあり、アパートを引き払って、温海家の母屋で彼と同居を始めた。

家の中のことを少しずつ教えて貰い、二人で生活するのはとても楽しい。

あつみ小児科医院の顔なじみ、カヨや松田さんからは「伊勢彦先生がついに嫁を貰った」とからかわれることもあるが、先日はついに「アキは男だから婿《むこ》だ、婿に貰ったんだ」と開き直ったらしい。

そのことを三崎から聞いた際、「アキちゃんお婿さんだって、よかったねえ」と言われて、アキは嬉しいやら照れるやらで「ふへへ」と妙な笑い方しかできず、その場にいたみんなに笑われた。

「あぁー、羨《うらや》ましい。羨ましすぎて、腹立ってきたわぁ」

「ええぇ」

ごめんね幸子さん、と謝ったが、その謝罪はあまりタイミングがよろしくなかったようで、幸子はショッキングピンクの唇を尖らせる。

「いいのよぉ、謝って貰わなくたってぇ。ふんだ。悔しいから、水科さんの秘密、教えてあげなぁい」

「えっ！　み、水科さんって、あのカッパの……？」

アキは思わず身を乗り出した。カッパと言えば尻子玉、たしか妖怪のあいだではタブーとも言われているらしいその秘密を、もしや聞き出したのだろうか。

「アキちゃん、気にしなくていいのよ。この人、こないだ油やで水科さんと会って、ものすごくしつこく絡んだの」

「そ、それで、なにか聞いたの？」

どうしよう、知りたい。せめてヒントだけでもとすっかり興味津々のアキの隣で、としえは呆れたように手をひらひらと振った。

「止めときなさいって、どうせ酒のついでにガセネタ掴まされただけなんだから。カッパがそう簡単に一族最大の秘密を教えてくれるわけないでしょ」

「そぉんなこと言ってぇ、としえだって知りたいくせにぃ」

「わたしは別に興味ないわよ」

「お、俺、俺は、知りたい！」

「ダメよぉ、アキちゃんは幸せなんだしぃ、尻子玉についてなんて余計なこと知る必要なんかないでしょ？」

突っぱねる。

幸子さんのケチ、と口を尖らせるアキから、彼女はぷいっと顔を逸らし、「やぁよ」と
「えええええ」

「ひどい」

「……どうしても知りたぁい？」

「知りたい！」

「じゃ、あたしのお願い聞いてくれるぅ？」

「お願いって？　俺にできることなら……」

「ほんと？　じゃあさぁ、あのほら、千眼寺いるじゃない？　こないだ伊勢彦先生んとこで初めて会ったんだけどぉ、結構いい男だなって思ってぇ」

「幸子あんた、なに考えてるの！」

「趣味悪すぎ」

千眼寺の名前が出た途端に飛んだ響ととしえからの批判に、幸子はアイラインばっちりの目尻を吊り上げる。

「いいじゃないのっ。あたしの好みの特殊さなんて、もう長いつき合いなんだからぁ、判りきってたでしょ！」

「だからってなんで薬売りよ」

「彼、正甫さんて言うのよねぇ。名前もカッコいいし、もう一度会えないかなぁって」

そう言って頬を染めた幸子に、アキは「うーん」と首を傾げた。

「難しい、かも……。あ、でも一応、伊勢くんに訊いてみるね」

「なんで伊勢彦先生なのぉ？　あたしが会いたいのは正甫さんよぉ？」

「うん、でも伊勢くんが、二人きりでは会っちゃダメって。なにかこの先必要があって連絡を取ることになっても、伊勢くんが話すって言うから」

尻子玉の秘密は気になるし、伊勢彦がなにを心配しているのかよく判らないが、アキには彼との約束の方が大切だ。

そう説明すると、幸子以外の二人はなにか納得した表情を浮かべた。

「あ……そういう……」

「ご馳走さまね」

「なによもぅ！」

結局惚気《のろけ》られ損じゃないの、と幸子がちゃぶ台に突っ伏して、結局その話題はうやむやになってしまった。ごめんね幸子さん元気出して、とその肩を叩くアキの向かいで、響が壁の時計に目をやる。

「あら、もう五十分なのね。お客さんも来ないみたいだし、そろそろ閉めましょうか」

「はぁーい。ねぇとしえ、今日飲みに行かなぁい？　油や奢るわ」

「いいけど。そういえばあんた、例のホストはどうしたの」

「…………っ」

　とたんに尋ねられた途端、幸子の顔が歪む。今日も豪華なメイクを施したその顔を両手で覆い、彼女は「もう知らないわよぉ、あんなヤリチン！」と叫んだ。

「あーあー……それで薬売りなんて血迷ったこと……」

「響さん、ヤリチンってなに？」

「アキちゃんは知らなくていいのよ。さ、着替えて」

「今夜は長くなりそうだわ」

「？？？」

　着替えを済ませて三人と別れ、アキは住吉町へと帰る。地下鉄の中はクーラーが効いていて、少し寒い。

　なんか最近、電車の中が寒い気がする。どうしてだろう？

　無意識に二の腕をさすりながら考えて、あ、と気づいた。

「……長袖じゃないからだ」

　太陽の光を避ける必要がなくなったから、アキは最近、半袖にジーンズ、サンダルという軽装で出勤している。露出が増えた分、電車内のエアコンの風や温度にも敏感になったのだろう。

「ははあ……」

なるほどなるほど、と頷きながら駅を出て、漫画喫茶の前を通りすぎ、ガードレールのある歩道を歩く。二つほど先の街灯の下、こちらへ向かって歩いてくる背の高いシルエットが見えて、アキは笑みを浮かべた。

「よう、ちょうどよかったな」

彼の足元には、コールテンがいた。あれ以来すっかり伊勢彦に懐いている猫たちは、よく温海家の軒先にも遊びに来る。

「伊勢くん！　ただいま！」

両手を広げて飛びついたアキを抱きとめて、伊勢彦が「熱烈だ」と笑う。

「どうしたの？　なんでお迎え？」

「一緒にコンビニ寄ろうと思って」

「いいね、花火買う？」

「おう、いいぜ。けど、まだあるかな」

残暑厳しいとはいえ、もう九月だ。夏季限定だったいちご牛乳アイスも、そろそろ店頭では見かけなくなってきた。

それでもアキは、残念とは思わない。

きっとまた来年も、同じように伊勢彦と、あのアイスを食べる季節がやってくるだろう。

その次の年も、そもまた次の年も。そうして二人一緒に年を取っていくことができる幸せを、少しずつ、分け合っていけたらいい。

人間に戻ってしまったことで動脈占いもできなくなり、いまは幸子に習ったタロットでしのいでいるが、この先、もっと勉強をしなくてはならないだろう。

けれど、そうして失ったものを補って余りある存在が、そばにいる。

「手を繋いでもいい？」

前を行く伊勢彦が肩越しに振り向いて、こちらへ向かって手を差し伸べる。アキの大好きな、大きくて温かい手のひらだ。わあい、と喜んでぎゅっと握ると、彼も指を絡めながら、同じ力で握り返してくれた。

「えへへ……」

「そういえば最近あれ聞いてねえな。あの、変な笑い方」

「変な笑い方？」

「…………」

なにか考えるそぶりをしたあと、伊勢彦はアキを見下ろして、「アキ」と言う。

「なに？」

「……好きだ」

「！」

突然の言葉に驚いたアキはそれでも「お、お、俺も！　俺も好きだよ」と返し、そのあと照れて「でへへ」と笑った。

「ははっ」

「え？　なに？」

「それだ、それ」

「ああ！」

これかあ、と笑い合う二人の頭上には、月もまるで笑っているかのように丸く、ぽっかりと浮かんでいた。

■あとがき■

はじめましてこんにちは、さとむら緑と申します。

今回は上野周辺を舞台として、架空の駅名もありつつ書かせていただきましたが、いかがでしたでしょうか。

上野公園はわたしが田舎から上京してきてはじめて遊びに行った「東京の大きな公園」で、その敷地の広さや区画ごとの趣向の違いがなにもかも目新しく、楽しい場所としていまも大好きな散歩スポットのひとつです。カフェや美術展を訪れるのもいいのですが、個人的にはお天気のいい日に博物館の裏の池のそばでベンチや芝生の上に腰を下ろしてのんびりするか、不忍池で蓮を(花のないときは葉を)眺めるかするのがおすすめで、こう書いていて気づいたのですが池というか、水のある風景が好きなのかもしれません。

さて今回、主役の一人であるアキの、川(流水)を渡れない・招かれなければ他人の家に入れないなどの設定は、「吸血鬼ドラキュラ」をはじめとする創作や伝承の流れを汲ませていただきました。眠っていた心臓が動き出して、彼はもうコウモリになったりできない普通の人間ですが、川にかかる橋を渡るときには、伊勢彦がしっかりと手を握って安心させてくれるといいなと思います。

そんな感じで、伊勢彦先生、うちのアキちゃんをなにとぞ、くれぐれもよろしくお願いします……！　という気持ちを頼りに、最後まで書ききることができました。

爽やか好青年かつ包容力のありそうな伊勢彦と、イラストを担当していただけると判ったときから頭の中で思い描いていたひょろひょろで目ばかり大きいアキをそのまま現実のものにしてくださったテクノサマタ先生、本当にありがとうございました。カラフルで繊細で、優しい世界にいる二人やその他の登場人物を眺めるだけで、ああ、書いてよかったなあという気持ちでいっぱいです。

いつものごとく五里霧中なわたしのわがままや不安を聞いて下さり、根気強く助けて下さった担当さまにも感謝を。

そして誰より、この本を手に取り、最後まで読んで下さった読者の方々に、最大の感謝を捧げます。ありがとうございます。今後も引き続きかなりまったりなペースになるかと思いますが、新しいものをお届けするべく一生懸命書くつもりでおりますので、どこかでお見かけの際には手に取っていただけると嬉しいです。

また、もしお時間があれば、ご感想など寄せていただけると、大変励みになりますので、どうぞよろしくお願いいたします。

それでは、また！

さとむら緑

初出
「いちご牛乳純情奇譚」書き下ろし

CHOCOLAT
BUNKO

この本を読んでのご意見、ご感想をお寄せ下さい。
作者への手紙もお待ちしております。

あて先
〒171-0014 東京都豊島区池袋2-41-6 第一シャンボールビル 7階
(株)心交社 ショコラ編集部

いちご牛乳純情奇譚

2016年6月20日 第1刷

著　者:さとむら緑
発行者:林 高弘
発行所:株式会社　心交社
〒171-0014 東京都豊島区池袋2-41-6
第一シャンボールビル 7階
(編集)03-3980-6337 (営業)03-3959-6169
http://www.chocolat_novels.com/
印刷所:図書印刷 株式会社